书到用时

北京楚尘文化传媒有限公司 出品

书到用时

叶辉——著

重庆大学出版社

目录

序一　读书何以有用

梁文道

为了显示读书有用，我们这群香港爱书人无所不用其极。例如办读书杂志，每期专题都要尽量配合社会趋势和流行话题。地震来了，想也不用想，当然得做和灾难有关的题目，介绍些有关灾难的必读巨作，好让大家发现原来连天灾这么厉害也逃不出书的手掌心。

这种介绍书的文章有点像现在香港中学生很流行的通识育功课，总是照时事填充一份很“多角度思考”很有内容的报告出来。一弄不好，所谓的“多角度思考”其实就是一堆观点和数据的罗列；而那些观点和资料，不消说，全部来自互联网 。如果有机会看这些功课，你大概会以为学生全在互相抄袭，因为里头引用的数据都很像。其实不是的，这只是懒惰的结果。我们在 Google 搜索一个关键词，头两页出现的网页链接就是功课“多元”观点的来源了。

更常见的问题出在这些功课的结构上。一篇东西有不同甚至彼此矛盾的论点不一定就能显示你懂得“多角度思考”，假如没有一套逻辑清晰的架构安放它们的话；这便只能叫做混乱，或者“短路”。同样的道理，材料再五花八门，假如不知简繁轻重，看到什么就丢什么进去，那就叫做垃圾堆填，而不是信息完备。

台湾出版奇才詹宏志纵跨纸媒网络两世代，他当然喜欢而且擅用互联网时代带来的无限知识宝库，但是处理如斯庞大信息量的方法与能力，他得承认还是来自阅读。读书和上网最大的不同在于前者自成架构，每一本书的有限恰恰就是一套结构的显现。在网上搜寻古罗马的材料，可以是趟漫无边际的追逐；在一本罗马史书中得到的，则是行程有始有终，景点也布置得站站分明的旅行。我甚至以为，一个经过充分阅读训练的人，就算上网搜集资料也能分外地得心应手。

这或许是老一辈人的想法。尤其干传媒这行，真得有三头六臂的功夫，遇到任何事件，都要即刻为它联想出各式各样的关联，使之立体，让它丰满。所以香港有不少传媒前辈都是深藏不露的杂学家，平常写报道下标题看似风平浪静，肚子里的墨水却如海潮汹涌。而叶辉正是这等人物，三十多年来从体育记者做到报社社长；细致的专访，耸动的头条，他都优而为之。另一方面，他又分裂出好几个笔名，写诗，写散文，写小说，办文化刊物，而且提携后进，成为香港文坛年轻人心目中的大长老。许多文艺青年都觉得很不可思议，一个畅销大报的社长到底是怎样在审理完杀人放火的消息之后，又回到家中平心静气地埋首攻读齐泽克；又如何可能在夜半为艺人裸照配上香艳刺激的标题之后，复于清晨吟诗一首以和他心爱的保罗 · 策兰？这简直就像机器猫小叮当在两个世界中间开了一扇任意门。

这部《书到用时》或许就是答案了。卸下传媒主管工作的重担，如今叶辉每周只在报纸上写一篇书话，非常完整地把他传媒人和读书人的身份结合呈现。电影《蝙蝠侠》来港取景，北京奥运风波，贝 · 布托被人暗杀，这等报刊上的头等大事都成了他展露学问的机会，让你知道事事有来历。就像一个少不更事的青年和一位见多识广的前辈在广式茶楼饮早茶翻报纸似的，你才兴奋地读出一条惊天大消息，他就接了过来条分缕析、引经据典，冷冷地把你的一句感慨变成一篇真正“多角度”思考的时事分析，仿佛世间万事尽在老夫计中。叶辉这派头，实是香港前辈文人的小传统。多少世外高人平日隐姓埋名，表面上只不过是这腥风血雨的传媒江湖中的小角头，什么“巨鲸帮”帮主“五毒教”教主，自命名门正派的少年才俊多半要瞧他不起，没想到那传说中的后山扫地僧正是眼下此人。

尽管如此，每个人处理信息的方式都还带着点个性。由于我也喜欢这种“读书有用”的路数，喜欢在评析时事的时候夹带书介，在推荐书籍的时候以潮流话题为引，所以我便特别关心叶辉的招数门径。以前一篇篇发在报端还没仔细注意，如今一口气全书读毕，我才发现叶辉果然是个诗人。同样是借时事引介书籍，他的思路特别跳跃。例如讲股市的疯狂，换作是我，自是一板一眼地谈些讨论市场逻辑的心理学论著；而叶辉却想到了疾病，用两本揭发现代医药产业真面目的书间接折射出股民的迷信心理。这已不只是博学，更是想象力的驰骋，叶辉说到底骨子里是个文学人，就算接收外在环境的刺激也有别样感官，即便消化信息也有另一副肠胃。看《书到用时》，我看到的便是一套容纳讯息整理观念的有趣框架。如果青年学子想学好“通识教育”，最好别只沉溺于网络搜索，而且得在阅读中养成这种能替万物命名能为趋势定向的框架。

序二　读书的人，不读书的城

严飞

这本书的内容绝对上乘。叶辉在香港有"民间学者宗师"、"文化界北野武"之美誉，可见真功夫的到家。这是一位会因为法国哲学家波德里亚逝世而推掉与友人的饭局，选择在家独自沉重思索的读书人，无疑，这样的读书人在香港是作为一种异类存在的，所以他们的阅读经验更显珍贵。

书到用时当为用，书的理想归宿是得其所用。在这本书里，叶辉从自己广博的阅读生涯里挑选出了诸多书籍，并以这些书籍为背景，去讨论各项时事议题。从严肃的政治话题，例如缅甸的袈裟革命、巴基斯坦流亡女总理贝·布托的被暗杀，再到严肃的人文思想话题，例如左派的诞生与消亡、摄影的记忆与象征，以至香港本土热话的电视剧《溏心风暴》、蝙蝠侠来港、天水围的贫穷经济学等市井民生，叶辉总能顺手拈来，通过援引大量自己熟读过的书籍，或者作为论据，或者作为案例，透过事件予人的本相，去探讨内里的真意。青文书屋老板罗志华葬身书堆的悲剧，叶辉搬出捷克作家赫拉巴尔（Bohumil Hrabal）的代表作《过于喧嚣的孤独》（Too Loud A Solitude）来暗讽香港的现实：喧嚣的是机器一样的世界，孤独的是废纸一样的人和书。蝙蝠侠在香港的风靡，叶辉看到的却是思想家齐泽克所提出的“普遍性三层次”：全球化的普遍性之下，资本形式与国族的关系，不一定是强制的压迫，也可能是某种自我殖民化，是对文化平等革命的普遍需求。

书到用时当为用的第二层意思：读书人要学以致用。读书虽然出于个人爱好，“学问只在自修”，读书人也好讲究一个读书人的傲慢之气和独有的姿态感，但是倘若与寻常社会生活相脱离，关起门来独自品评，则未免有些敝帚自珍小家子气。满腹经纶，不必然说需要拯世济民，但至少应该有能承担和公众相呼应的勇气，通过个人的思考和阅读轨迹，带动整个社会的思考和讨论，甚至因此可以培养出哪怕是一点点普通大众对于精神世界的探索（这正是香港极度缺失的）。这正如作者在书中所言：“文章在刊物发表，便是供公众阅读的‘响应’。不一定要树立什么读书人的形象和权威。”

只是这两点，在“娱乐至死”（作者语）的香港，在这座不读书的城市中，显得多么的冷清与落寞，知音寥寥，书到用时，弦断无人听。

1 天气真的改变了历史?

2007 年以来，世界各地接连爆发多场特大天灾，由 2008 年初的中国雪灾到稍后的缅甸的风灾，近日本港及华南的雨灾，乃至世界各地的旱灾和洪灾，人命伤亡惨重，这些天气惹的祸还没有包括地震和火山爆发，愈来愈多气象学家倾向于认同，特大天灾的主要成因是“反圣婴”* 紧接着“圣婴”** 出现。

1997 年出现“超级圣婴”，1998 年到 2000 年持续出现“反圣婴”，这种全球化天气现象在过去并不多见，有人危言耸听：圣婴与反圣婴持续现象是世纪末现象，预示着第六次物种大灭绝即将来临。美国女作家劳拉 · 李（Laura Lee）的“气候历史学”著作——《雨的诅咒：天气如何改变历史》（*Blame It on the Rain*：*How the Weather Has Changed History*）正好让我们思考天气与历史的关系，继而学会有勇气而且有所承担地面对今天，以及未来。

劳拉 · 李告诉世人：天气变化一直在改变人类历史和命运，比如说，第一颗原子弹之所以投在广岛，是由于当地晴朗的天气，另一颗原子弹原定投放在小仓市，但当地当日乌云密布，便投在备选的长崎。又比如希特勒重蹈拿破仑覆辙，敌不过莫斯科摄氏零下 20 度至 30 度的严寒天气，溃不成军。1800 年 8 月 30 日，美国弗吉尼亚数千奴隶计划起义，可是一场特大暴风雨导致革命化为泡影；相反，18 世纪的法国经济危机四伏，春旱令食品价格暴涨，一场冰雹彻底砸坏农田，饥民终于拿起武器，为法国大革命拉开序幕……

* 即拉尼娜现象。——编者注，下略。

** 即厄尔尼诺现象。

大暖化与长夏

布莱恩·费根（Brian Fagan）是加州大学圣塔芭芭拉分校人类学荣休教授，他长期研究气候与历史的关系，赢得“考古学作家”的称号，他在《历史上的大暖化：气候变迁与文明兴衰》（*The Great Warming: Climate Change and the Rise and Fall of Civilizations*）一书中指出：一千年前的全球大暖化，重新分配世界文明的版图，既让蒙古帝国差点并吞欧洲，也让法国葡萄酒独步全球——文明的去留，就像掷硬币，正反的几率是一半对一半。

是的，一千年前地球经历了一场改写历史的升温期，全面翻转人类文明：欧洲步入兴盛期，华北闹出大饥荒、吴哥窟加速覆灭、玛雅文明土崩瓦解。费根自称“不怕被讥笑的通才”（unashamed generalist），他试图串连气候变迁与人类历史——这是“气候决定论”（climatic determinism），古代气候数据不全，如今可从树轮、冰芯、岩芯、深海沉积物……取得古代气候信息。费根著有《漫长的夏天：气候如何改变人类文明》（*The Long Summer: How Climate Changed Civilization*）一书，探讨“一万五千年前，大冰河时代结束，地表温度开始升高，人类进入漫长的夏天……”

费根指出：最大的天然灾害发生在公元前5600年，当时地中海海面上升，大水冲进古黑海的低矮盆地中……冰床崩解加快了冰河时代结束以来海水上升的速度……残存于人类记忆中的古黑海洪水，后来，也许就成了《圣经》所载的洪水……

大暖化的唐帝国

中国人论历史成败，总会从“天时”、“地利”、“人和”三方面入手，但史书很少讨论天气的因素，历史教科书则多从人的因素分析得失。因此，中国人看历史，大多重人事而很少兼顾气候——不是不说“天”，可是一说便说到“天意”，而不是天气，总是重“五行”而轻“科学”，古代如此，于今尤烈。

费根在《历史上的大暖化》中指出：气候造成的历史结果俯拾皆是：墨西哥湾流突然中断了，形成一千年的寒冷期，近东人因而放弃狩猎与畜牧业转而从事农业；黑海出现灾难性洪水，逼迫移民深入欧洲；撒哈拉地区逐渐暖化与干燥，导致牧民沿着尼罗河岸过着冒险的生活，罗马帝国往北延伸到高卢，但是最远只能到达气候仅能维持种植之处；6 世纪时，东非的雨季增长让鼠群和黑死病传遍整个地中海世界，刺激大规模的集体迁徙，因而形成现代欧洲与中东……

中国的大暖化时期又如何？德国气候科学家豪格（Gerald Haug）率领的德、中、美研究小组，对在雷州半岛取得的岩芯进行古代气候研究，从而掌握东亚古代冬季季风强度，其中一个结论是唐朝军队与阿拉伯大军激战于中亚重镇怛逻斯，唐军大败后，唐朝开始衰落，其时恰好处于该次季风异常的少雨干旱期。长期干旱和夏季少雨导致谷物连年歉收，激起农民起义，并最终导致唐朝在 907 年灭亡。尽管豪格的研究并无考虑唐朝“藩镇割据”等因素，但从全球大暖化的脉络透视大唐覆灭的原因，未始不是“新观点”。

风云与疫症

古人深信风和云的变化既是气候的变化，也是时势的变化，故此“风云”一词有多重含义，既指天象，亦指时势，而战阵亦以风、云命名；《后汉书·方术传》说杨由其人“少习《易》，并七政、元气、风云占候”，秦汉方士能预卜风云变幻，但那不是天文学，只是“方术”；《后汉书·皇甫嵩传》有“将军权重于淮阴，指挥足以振风云，叱咤可以兴雷电”之说，说的就是时势。

话说赤壁之战，诸葛亮“借东风”只是小说家之言，但借助天象施以“火烧连环船”也不一定是无稽之谈——那不是神机妙算，说穿了，只是杨由之流的方术，以及借助时势，施展出奇制胜的战术。那是说，谁掌握气候，谁便占得战争的先机——赤壁之战时值十一月隆冬，多刮北风，按气象规律，严寒后回暖，起东南风只是常识。

史实却非如此，《三国志·吴书》有两段说得很清楚：“时刘备为曹公所破……遣诸葛亮诣权，权遂遣瑜及程普等与备并力逆曹公，遇于赤壁。时曹公军众已有疾病，初一交战，公军败退，引次江北。”“瑜之破魏军也，曹公曰：孤不羞走。后书与权曰：赤壁之役，值有疾病，孤烧船自退，横使周瑜虚获此名。”那是说，孙刘联军的主帅是周瑜，诸葛亮只是奉刘备之命，游说孙权；更重要的，是曹军败于疫症，而非“火烧连环船”。时值寒冬，曹军患了什么疫症，疫症是否跟气候相关，才是这场战争的重点。

赤壁之疫

据《三国志·吴书》所载，赤壁之战，曹操不认输，他不承认败于周瑜，声称只是由于疫症折损战力，才烧船撤兵。这说法也有史实依据，《后汉书》的《孝桓帝纪》及《孝灵帝纪》载，由公元151年至182年，32年间的正月至三月，至少有七次“大疫”。

赤壁之战发生于公元208年，据《后汉书》、《三国志》及有关文献记载，建安十三年至司马炎灭吴（公元208年至280年）这73年间，“大疫”频繁，“疫气”、“暴疾”（周瑜死因）、“疫旱并行”、“疾疫”、“疫疠”、“疠气”，俱为当时流行病的不同名称。

史家按现代病理学研判，“大疫”可能是急性血吸虫病、疟疾或斑疹伤寒，疫症历时六十多年，遍及各地，也有可能不限于一种，而是数种交替爆发。李友松的《曹操兵败赤壁与血吸虫病关系之探讨》指出，曹操赤壁兵败，乃血吸虫病严重流行之时，马王堆西汉墓女尸体内，也有血吸虫虫卵。赤壁战场为血吸虫病流行区，但时值寒冬，并非急性血吸虫病的流行季节。

疟疾流行于长江流域，传播季节是四月至十月，曹军劳师远征，极有可能在征途上染病而在军中传播，晋代葛洪著有《肘后备急方》，其中“治寒热诸疟方”即专治疟疾。斑疹伤寒也是当时流行的传染病，东汉名医张仲景的《伤寒杂病论·序》载，建安以来十年左右，其族二百多人有三分之二病死，患者身上“斑斑如锦纹”，那是斑疹伤寒。

战争与疫疠

斑疹伤寒流行于战争及饥荒时期，多发病于寒冷地区的冬春季节——那正是赤壁之战的时空背景。《三国志》称流行病为“疫疠”，此病的专门研究可远溯至隋代，隋太医巢元方著有《诸病源候总论》，其中“疫疠病诸候·疫疠病候”说：“其病与时气、温、热等病相类。皆由一岁之内，节气不和，寒暑乖候，或有暴风疾雨，雾露不散，则民多疾疫病，无长少率皆相似，如有鬼厉之气，故云疫疠病。”疫疠是否跟疟疾相关，那就无从稽考了。

曹植《说疫气》对疫疠有详尽描述：“建安二十二年，疠气流行，家家有僵尸之痛，室室有号泣之哀。或阖门而殪，或覆族而丧。或以为疫者鬼神所作”，又说患者多是“荆室蓬户之人”，鲜有“鼎食之家”，曹植认为“此乃阴阳失位，寒暑错时，是故生疫。而愚民悬符厌之，亦可笑也”。那是说，疫疠乃“阴阳失位，寒暑错时”所引发的平民流行病。

《后汉书·卢植传》载，尚书卢植奏曰：“御疠者，宋后家属，并以无辜委骸横尸，不得收葬，疫疠之来，皆由于此。宜敕收拾，以安游魂。”那是说，疫疠流行，皆因“委骸横尸，不得收葬”，那么，为何“不得收葬”？这跟连场战争有关，魏围江陵，吴伐琼崖、围新城，蜀征南中，战争频繁，正好应合“兵入民出，必生疾病”之说，形成了处处皆是“疫疠之乡”，染病而死的军民愈来愈多，真是尸横遍野，如何能够收葬？这就造成了数十年来战争与疫疠互为因果的局面。

寒冷期与温暖期

德国气候科学家豪格率领的德、中、美研究小组，其中一个结论是唐朝中后期处于季风异常的少雨干旱期，导致谷物连年歉收，激起农民起义，唐朝因而覆亡。唐代处于大暖化时期，有竺可桢、牟重行、刘昭民、张家诚等天文、地理学者的相关论说支持。

气象学家竺可桢的《中国近五千年来气候变迁的初步研究》指出，公元 7 世纪是一个温暖湿润的时代，此说从物候学角度疏证，也应合了一万年挪威雪线、格陵兰冰块所考证的气候特点。竺可桢在 1970 年代已确认中国五千年来的气候可分为四个温暖期和四个寒冷期：

第一温暖期：公元前 3000 年到前 1100 年；第二温暖期：公元前 770 年到公元初的两汉之际；第三温暖期：公元 600 年到 1000 年，约当隋唐时期；第四温暖期：公元 1200 年到 1300 年的宋末、元朝时期。

第一个寒冷期：公元前 1100 年至 850 年，约当西周前期；第二寒冷期：公元初年到 600 年的南北朝时期；第三寒冷期：公元 1000 年到 1200 年的两宋时期；第四寒冷期：公元 1400 年明初时期至 20 世纪 50 年代。

竺可桢推测，第一个温暖期比 20 世纪 50 年代年平均温度高 2℃左右，正月的温度高 3℃～5℃，据当今气象学说分析，2000 年的平均气温比 1950 年高约 0.5℃，似乎意味着第四寒冷期结束，第五温暖期来临。

地理环境决定论

早在 20 世纪 20 年代，气象学家竺可桢将中国气候研究分为四个时期，即“考古时期”、“物候时期”、“方志时期”以及“仪器观测时期”，并提出不同时期可采取不同的研究方法。自 19 世纪以降，地理科学大盛，名家辈出，洪堡（Alexander von Humboldt）和李特尔（Carl Ritter）这两位德国现代地理学宗师都是“地理环境决定论者”，尤其是李特尔，他提出的地理环境决定人类分布及活动方式的理论，是 19 世纪以降地理学主流学说。

德国地理学人才辈出，拉策尔（F. Ratzel）在《人类地理学》（*Anthropogeographie*）中，更以“人就是土地”概括他的思想，他在《人类地理学》一书中运用达尔文的物种起源学说解释地理环境如何影响生理机能、心理状态、社会组织和经济发展，甚至决定人类迁移和人口分布，地理环境（包括气象）决定历史进程的学说，由是大盛。

美国学者亨廷顿（E. Huntington）20 世纪初在印度北部、中国塔里木盆地考察，其后出版《亚洲的脉动》（*The Pulse of Asia*）一书，更提出中国历史上气候变迁与外患内乱息息相关——五胡乱华、北宋契丹女真外患、明末流寇作乱和清兵入关，莫不关乎满蒙和中亚气候转旱。他还著有《文明与气候》（*Civilization and Climate*），认为人类文明只能在特定气候地区才得以发展。20 世纪 40 年代，陈高庸出版的《中国历代天灾人祸表》，无疑也有地理环境（及气象）决定论的倾向。

古代气候决定论

古人其实也是“气候决定论”的信徒，他们的信仰简单而朴素：朝代更替，都与气候相关。但凡风调雨顺，必然是天下大治，国泰民安；要是遇上天灾人祸，必然是民不聊生，那么，君主必然是昏君，臣子也必然是弄臣、佞臣或乱臣，那就天下大乱，八方起义，正是改朝换代的时候了。

据王国维疏证，《竹书纪年》载：“一百年，地裂。帝陟（陟，即‘帝王之崩’）。”《开元占经》引《尚书》说：“黄帝将亡则地裂。”《戴记·五帝德》：“黄帝生而人得其利百年。”《史记·五帝本纪》集解、《类聚》十一、《御览》七十九引《帝王世纪》：“黄帝在位百年而崩。”黄帝在位一百年，将亡之际发生了地震（地裂）。这是最早的“地震野史”。

那么，夏何以亡？《竹书纪年》载：“帝发，七年陟，泰山震。”《述异记》有此说法：“桀时泰山山走石泣。先儒说桀之将亡，泰山三日泣。”另，《竹书纪年》又载：“帝癸（一曰桀）十五年，夜，中星陨如雨；地震，伊、洛竭”，“帝癸三十年，瞿山崩”。《周语》载：“昔伊、洛竭而夏亡。”那是说，夏桀无道，“农失其时，饥馑无食”，于是发生三场地震，伊洛两河枯竭，俱亡国先兆。

《竹书纪年》载：“幽王三年冬，大震电。四年夏六月，陨霜。”那是说，周幽王三年冬暖夏寒，气候反常，所谓“伊洛竭而夏亡，河竭而商亡”，周亡也是由反常气候揭开序幕，那就是先民的“气候决定论”。

冷暖与兴亡

中国历史上的王朝更替，基本上都源自内忧外患，内忧是指各方乘时起义，外患是指外族入侵，如果说两者都与气候异变相关，似乎不无道理，但想深一层，倒觉得如此推论不免过于简化，也许，必须理顺气候与历史的因果关系，始可见出个中端倪，否则，气候可能沦为“天意”的同义词，表面上说科学，实则只是导人迷信。

事实上，古代气候缺乏完整的文献资料，每多述异式的野史或小说家之言，比较可靠的古代气温变化数据，也许只能追溯至公元850年左右，也就是说，气候与历史的可信研究范围，大概可追溯至残唐时代。可靠资料显示，由唐末黄巢起义算起，一直至太平天国，绝大部分的民间革命所引致的改朝换代，都发生于寒冷期。然而，历史文献的资料显示，西夏崛起于温暖期，元朝蒙古人的统治期因汉人内斗而得以拖长，延至温暖期才灭亡。

元末农民革命至朱元璋得天下、明末以李自成为首的内战乃至满洲入侵的外患，以及太平天国农民起义的由盛而衰，都发生于温暖期。如此说来，敢情历史与气候在某程度而言息息相关，气候异变引致农业社会出现不稳定的因素，同时亦引致边陲的游牧民族大举迁徙乃至入侵。问题在于：寒冷期及温暖期不一定是战争时期——气候的冷暖与朝代的兴亡无疑是两个交替出现的事实，既然冷未必衰，暖未必兴，那就要问：两个事实是否存在必然规律？决定论会否倒果为因？

冷暖论未休

美国“考古学作家”布莱恩·费根长期研究气候与历史的关系，他先后著有《历史上的大暖化：气候变迁与文明兴衰》、《漫长的夏天：气候如何改变人类文明》两本讨论地球暖化的专著，详述地球在5600年前开始的暖化，北极冰帽日渐缩小而海平面日渐升高，海浪冲塌了直布罗陀岩壁，继而贯通了黑海与地中海，洪水泛滥引致北方民族南下到北非和中东……此说亦即“诺亚方舟”的气候背景。

布莱恩·费根又从气候学的历史研究，指出迄今大约1300年前——即公元800年至1200年，或公元1000年至1300年，地球曾处于大暖化时期。这跟竺可桢推断的四个温暖期在时间上有颇大出入，那么，就重温一下竺氏论说的暖化周期吧——第一温暖期约为公元前3000年到前1100年；第二温暖期约为公元前770年到公元初；第三温暖期由公元600年延展至1000年；第四温暖期由公元1200年延展至1300年。这就表明一个问题：不同学者对暖化周期有不同的推论，至今争论未休。

以唐代气候为例，竺可桢推论是温暖期，满志敏在1990年发表《唐代气候冷暖分期及各期气候冷暖特征的研究》一文，提出唐代中期以后转冷，还有施雅风、邹逸麟等指出：唐代长安的梅树、橘树、驯象带有人工保护措施，不能作为暖化的论据，并列举大量唐代气候寒冷的证据。王铮等发表《历史气候变化对中国社会发展的影响》，更提出唐代气候处于混沌阶段（choas），冷暖周期不稳定。

气候：蝴蝶效应

布莱恩·费根另一本“气候考古学”著作《小冰河时代：气候如何创造历史》（*The Little Ice Age: How Climate Made History*）指出：从公元1300年到1850年间，世界历史的主角是气候，世界也进入了500年的小型冰河期，换句话说，这500多年正好处于寒冷期。

按照竺可桢的论说，中国历史上的第三寒冷期约为公元1000年到1200年，第四寒冷期约为公元1400年明初时期至20世纪50年代，两段寒冷期之间，是第四温暖期，即公元1200年到1300年的宋末、元朝时期。那就是说，布莱恩·费根所论说的“小冰河时代”，跟竺可桢的研究结果也有出入，竺氏认为这个历史时段出现了一冷一暖的周期。

姑勿论谁的推断比较接近“历史真相”，由距今千年的唐代是冷、是暖还是处于冷暖混沌，到较为晚近的元明清三代是冷、是暖还是冷暖交替，不同学者都有不同的，甚至是截然相反的论述，莫衷一是；那么，气候冷暖既然未有一个毫无争议的结论，气候决定历史乃至改写历史的种种论说，又该以什么作为基准？如无比较统一的基准，决定论又从何说起？那么，“气候决定论”会不会只是一种有了结果才配上原因的“取巧之论”？

不要忘记，已故的洛伦茨（Edward Lorenz）早就指出：初始输入数值微小的差异，会造成落差巨大的结果，使整个系统失去可预测性，他称之为“蝴蝶效应”，在历史长河里，谁可保证不存在“蝴蝶效应”？

见树不见林

也许可以这样说：极端反常的气候的确曾改变了历史，比如大洪水迫使人口大迁徙，两场季候风拯救了日本，致使忽必烈舰队一败涂地，俄国严寒天气引致拿破仑和希特勒的军队崩败，旱灾和洪灾引致农作物歉收，继而爆发饥民起义，导致改朝换代，等等，都构成了气候与历史千丝万缕的关系；但却不足以证明历史变化是气候变化的必然后果，也不足以证明气候是决定历史的唯一要素。

事实上，处于温暖期或寒冷期的王朝都经历了兴亡的历史阶段，温暖期或寒冷期也只能大体而论，只能概括一个周期的平均气温，当中必然是暖中有冷，冷中有暖，绝对不可能是一个没有季节交替的时期，况且一冷一暖的周期长达数百年，甚或横跨几个朝代，其中牵涉的历史空间由南至北，由西而东，气候当然也不可能一成不变，那就不可能一概而论；如此说来，地球不同角落有涝有旱，有炎有凉，是屡见不鲜的现象，“气候决定论”的时空跨幅愈长愈广，愈是一概而论，就不免愈是难以叫人信服了。

如果只将气候反常当作历史变化的唯一成因，“天时”便可能成为“天意”的同义词，而且也可能置“地利”、“人和”等历史因素于不顾，推论不免会见树不见林，将历史推论得过于简化，过于消极，致使根本看不清历史与文明进程的复杂性——要是如此，那真是人类文明的一大倒退，那么，中国人只好活在《竹书纪年》的历史语境之中了。

考古与借鉴

不同意“气候决定论”，只是由于不同意气候是决定历史的唯一要素，同时也不相信一段历史周期内全球气候可以一概而论，更考虑到气候混沌及“蝴蝶效应”等理论，导致天气难以测定；但不能因而全盘否定历史中的气候因素，也不能因而全盘否定劳拉·李的《雨的诅咒：天气如何改变历史》，布莱恩·费根的《历史上的大暖化》、《小冰河时代》、《漫长的夏天》，乃至亨廷顿的《亚洲的脉动》等强调气候因素的著作——如果因此以为这些论说毫无意义，就不免一如“气候决定论”那么片面化和一律化，只见局部看不清全局。

上述著作有一个基本的共通点，就是尝试分析历史中的地理及气候因素，只要不认为那是唯一的因素，其实也不失为一种阅读历史、思考历史的好办法，中国人常说“以史为鉴”，历史之镜不止一面，从不同的镜子，以不同的角度和观点考察不同的历史身影，才可以看出历史的多样性和复杂性，才可以更全面地重整历史，总结历史，从中得到更好的借鉴。

历史如果与当下毫无关系，意义便不免因有所残缺而大打折扣，这就解释了以史为鉴、借古鉴今的涵义。正如南方朔所言，布莱恩·费根的《历史上的大暖化》、《小冰河时代》、《漫长的夏天》诸书的价值，“就是从古气候学的观点，将千年前的文明做了一次极为详尽的考古再现。当今车载斗量谈论暖化问题的著作多为警告的预言，而本书则是以古鉴今，它们共同针对的都是现在”。

书目：

《雨的诅咒：天气如何改变历史》（*Blame It on the Rain：How the Weather Has Changed History*），劳拉·李（Laura Lee）

《历史上的大暖化：气候变迁与文明兴衰》（*The Great Warming：Climate Change and the Rise and Fall of Civilizations*），布莱恩·费根（Brian Fagan）

《漫长的夏天：气候如何改变人类文明》（*The Long Summer：How Climate Changed Civilization*），布莱恩·费根（Brian Fagan）

《小冰河时代：气候如何创造历史》（*The Little Ice Age：How Climate Made History*），布莱恩·费根（Brian Fagan）

《后汉书》，范晔

《三国志》，陈寿

《竹书纪年》

《曹操兵败赤壁与血吸虫病关系之探讨》，李友松

《肘后备急方》，葛洪

《诸病源候总论》，巢元方

《中国近五千年来气候变迁的初步研究》，竺可桢

《人类地理学》（*Anthropogeographie*），拉策尔（F. Ratzel）

《亚洲的脉动》（*The Pulse of Asia*），亨廷顿（E. Huntington）

《文明与气候》（*Civilization and Climate*），亨廷顿（E. Huntington）

《中国历代天灾人祸表》，陈高庸

2 新三国时代的诞生

英国《每日电讯报》2008年4月中旬发表了马尔科姆·摩尔（Malcolm Moore）的署名文章，题为“中国——世界的新统治者”（China：the New Rulers of the World），说邓小平这位现代中国工程师曾警告继任者要保持头脑冷静，保持低调。但“随着奥运将至，中国在世界舞台上前所未有的高调，有关中国如何改变世界的信息突然狂热起来，出版商无法自控”——他这篇文章是带有政治评论性质的书评，讨论两本跟中国崛兴相关的专著。

第一本是《经济学人》（*The Economist*）前主编埃莫特的新书《对手：中印日三国角力如何塑造我们的未来十年》（*Rivals：How the Power Struggle between China，India and Japan Will Shape Our Next Decade*），第二本则是印度裔美国外交学者简纳（Parag Khanna）的《第二世界：世界新秩序下的帝国和影响力》（*The Second World：Empires and Influence in the New Global Order*）。

亚洲三国与世界三国

马尔科姆·摩尔指出：埃莫特这位日本国情专家特别关注日本与中国、印度的关系，并提出一种令人向往的可能性——“生机勃勃的商品、服务和资本单一市场延伸，从东京到德黑兰，无处不在”，然而，《对手》一书指出亚洲“微笑外交”背后的“三国演义”，这种经济和政治上的角力可能破坏三国之间的共同成就。这是亚洲范围内的“新三国志”。

马尔科姆·摩尔又指出，简纳在周游列国的过程中得出一个论点：世界正分裂成三个帝国——美国、欧盟和中国；欧盟扩张必须面对自我更新的问题，因为新成员担心会变成欧盟的遥远边界。亚洲国家倒是不怎么视中国为威胁，因为中国崛起正好给友好国家创造了空前的经济机遇。

研究员简纳是智囊机构“新美国基金会”的研究员，他 2008 年 1 月在《纽约时报》发表一篇题为“告别霸权”（Waving Goodbye to Hegemony）的文章，直指美国霸权的没落已成既定事实。他指出，无论谁成为美国下任总统，都无法阻止美国霸权的衰退，欧盟与中国相继崛起，将与美国鼎足而立，这就形成了世界范围内的“新三国时代”（The New Big Three）。这篇文章很明显是为《第二世界》这本新书做好热身准备。

简纳在文中毫不含糊地指出：以美国为中心的单一世界秩序可能在十年后便正式落幕，踏入 21 世纪，世界出现新格局——中国和欧洲崛起，导致美国霸权的“单极世界”瓦解，正逐渐演变成“三极世界”。美国、欧盟与中国这“新三国”势必相互牵制，吸纳“第二世界”国家——中国的影响力在拉丁美洲国家如巴西、委内瑞拉迅速扩大，而印度、泰国、越南、俄罗斯、土耳其、沙特阿拉伯则向欧盟靠拢。据简纳分析，欧盟魅力在于它是世界最大规模的单一市场和货币系统。

埃莫特的《对手》大概以欧美读者为对象，他把“中国威胁论”改写为“亚洲是一个危险的地区”，但他非常聪明地指出：与其说这种威胁在于亚洲将要挑战西方，不如说亚洲三强——日本、中国和印度将会相互对抗。这论调当然有其道理，那么，我们也得要问：在欧洲，何尝不是存在英、德、法、俄的竞争？

欧洲的大实验与美国的对策

法国哲学教授巴利巴尔（Etienne Balibar）早在1991年便发表“今日欧洲的种族主义与政治”（Racism and Politics in Europe Today）一文，他借用马克思所说的“欧洲已不存在一个本来意义的国家”，指出欧洲旧势力的“幽灵”从两个方面渐渐被削弱：其一是各种新生的种族共同体——尽管在形式上仍是主权国，但已经不再是严格的现代欧洲意义上的国家了，因为它们还没有割开国家与种族共同体之间的脐带；其二是多重跨国环节，从跨国资本到卡特尔（cartel，即资本主义垄断的一种形式，一种限制竞争的行为，亦即反垄断法所要规制的主要对象），以及国家之间的政治共同体——他所论说的，正是今日的欧盟及其精神价值。

简纳在讨论“第二世界”向“新三国”靠拢的趋势时指出：“第二世界”并不是单纯地选择市场，同时也得要解决各自面临的政治、经济上的课题，战略性地选择合作伙伴。欧盟正好创造了新理想的模式：政治、军事矛盾可以通过欧洲式统合来解决。简纳近十年走遍他论述的“第二世界”：东欧、中亚、拉丁美洲、中东和亚洲其他一些地方，手头上有大量“第二世界”的第一手资料和数据，他的新书显然并不是躲在书斋里的空想。

简纳也提出了美国面对“新三国时代”的应对方式——首先，必须放弃“国家利益优先主义”，继而将“普世价值”（universal value）视为大前提，还要以国务院代替国防部负责国家安保最前线，其他对策，包括派遣和平团与英语教师到世界各地积极进行民间外交，最终引致亚洲资金再次流入美国。问题也许就在于所谓“普世价值”——它存在吗？它是否既适用于西方世界，也适用于东方世界？既适用于基督文明，也适用于伊斯兰文明，同时又适用于儒学和佛学的文明？

加拿大史学家麦克尼尔（William H. McNeill）说得好：“欧洲史就是一部‘自由’的成长的历史。”这句话虽然现在少有历史学者认同，却是深植于欧洲文化遗产的核心。他在《欧洲历史的塑造》（*The Shape of European History*）一书中指出：20世纪初是没有欧洲通史的——站在德国人的观点，一部德国史就是一部欧洲史；站在法国人的立场，一部法国史就是一部欧洲史。欧盟日渐壮大，这个政治与经济的“超国家体制”（Supra-national Authority）的历史必然是一部“自由”的成长的历史。

麦克尼尔提出的欧洲史，极近于英国史学家汤因比（Arnold Toynbee）

那一代人所说的“维多利亚史观”（Victorian historiographies）——有意识地引用“科学的历史研究法”，所高举的正是“自由的成长”的鲜明旗帜。然而，这套史观的正确性在第一次世界大战后逐渐受到质疑，麦克尼尔另有见解，他提出与其批评旧观念，不如以新的论点研究欧洲史。

麦克尼尔主张，“文明”从核心向周边扩张，世界文明互有关联——此作为欧洲史发展的骨干，即可说明20世纪以降的欧洲文明缘何方兴未艾，不像希腊、罗马及文艺复兴晚期的意大利那样，从兴盛走向衰亡。

全球化的噩梦

欧洲人在享受工业文明和高度社会福利生活的同时，正在谋求建立一个“统一的欧洲”，在1970年诺贝尔经济学奖得主保罗·萨缪尔森（Paul Samuelson）眼中，欧洲人正从事一项前无古人的和平统一的伟大实验。欧盟27个成员国最近与16个阿拉伯国家结盟，扩张成拥有43个会员国的“地中海联盟”（Union for the Mediterranean），无疑就是一个比欧盟本身更伟大的梦想。

另一位萨缪尔森——《华盛顿邮报》专栏作家罗伯特·萨缪尔森（Robert Samuelson）早就指出：全球化经济一方面凝聚了全球经济大国，另一方面却激化了文化和政治的差异，导致不同形式的聚合的力量对抗不断分裂的强权。他认为在全球化中不总是只有获益者，美国共和党一直是贸易保护主义的幽灵，而且美国社会很短视，只关心自已的现状，不考虑别人和明天，以各种债券和按揭手段吸纳并挥霍比美国穷得多的国家的储备——这是全球化的噩梦。

罗伯特·萨缪尔森早在20世纪90年代初就预言中国势必成为世界强大的经济体，美国感受到中国崛起的威胁，而且这预言已经成为事实，而且事实的本质正随着国际大气候不断演化。萨缪尔森不断在他的专栏中指出：全球化令每个人都得益只是一个“局部的真理”，有时甚至是一个谎言——这一代的生活比父辈好。父辈生活又比祖父辈好，皆因强劲的世界性经济增长，但千万不要忘记，在双赢局面以外，也有不少一赢一输的局面——全球化最大的恶果就是贫富悬殊日趋恶化。全球化一方面提高了西方社会的富裕程度，另一方面制造了更多、更大的危机——也许全球化进程应放慢一些，但不应停下来，富国全力援助深受全球化之苦的穷人才是持续发展的正道。

罗伯特·萨缪尔森的全球化观点很清晰：现代世界一直存在自由贸易和开放的边界——自由贸易在某种程度上是廉价劳动力进入你的国家的替代物。欧盟吸纳新的成员国，不仅仅是经济决定，也是社会决定——要么就让劳动力廉价外派，要么就允许廉价的劳动力入境，处理不好就会出现社会矛盾，爆发社会冲突以至跨国贸易战争。如此说来，欧盟乃至“地中海联盟”尽管形势大好，但内部仍有大量亟待解决的大难题。

如何逃脱民粹主义惹的祸

罗伯特·萨缪尔森曾在《新闻周刊》撰文，直指CNBC的主持人克拉默（Jim Cramer）是“金融民粹主义者”，此人视联储局主席伯南克（Ben Bernanke）为“货币政策的魔鬼”，华尔街的基金经理人、评论家和经济学家都附和着克拉默，嘲笑伯南克及联储官员的无能和落伍，目的是逼使联储局减息。

萨缪尔森指出，值得注意的是，这些基金管理人不仅仅是富豪的代言人。从 20 世纪 80 年代起到 2005 年，美国民众持有股票和基金的比重日增，从不到 19% 提高到 50% 以上。“金融民粹主义者”相信，政府无论如何也会保证经济永远增长，股价永远都升值。联储局向华尔街让步而连续减息就是明证。

2008 年全球股市急挫，道指从 14000 点水平跌至 11000 点，累积跌幅 3000 点（逾 20%），恒指跌幅更超过 30%，说穿了，正是联储局连续大幅减息惹的祸，亦即“金融民粹主义者”挟持联储局所造成的后遗症。美元贬值，油价与粮价飙升，“新三国”俱要做好一切准备，面对北美金融所带来的灾难性震荡。

萨缪尔森认为，自 20 世纪 90 年代末“群体效应”所制造的“科技泡沫”以降，就形成了美国自取灭亡的经济政策。他更指出，在 20 世纪 60 年代到 70 年代，美国为了阻止经济衰退，一直采取宽松的货币政策，大量放贷造成了高通胀和经济极度不景气。许多经济学家认为联储局正遭受市场压力和金融恐慌的双重折磨，处于极尴尬的位置。

在“新三国时代”正式来临之前，高通胀、高油价、高粮价无疑是一个必须设法渡过的严峻关头，谁都不知道如何走出困境，危机显而易见，也许，像“地中海联盟”那样的新生的种族共同体是其中的一个答案，中国绝对不可能独善其身，如何跟日本、印度乃至中东一起塑造一个新亚洲，大概就是进入“新三国时代”之前的关键情节。

书目：

《对手：中印日三国角力如何塑造我们的未来十年》（*Rivals：How the Power Struggle between China，India and Japan Will Shape Our Next Decade*），埃莫特

《第二世界：世界新秩序下的帝国和影响力》（*The Second World：Empires and Influence in the New Global Order*），简纳（Parag Khanna）

《欧洲历史的塑造》（*The Shape of European History*），麦克尼尔（William H. McNeill）

3 活在谣言充斥的时代

都说这是一个信息泛滥的世界，我们每天透过网络、电邮、手机短信、集体运输车厢和闹市的电子看板……接收了多少有用或无用的信息？这些信息里面又混含了多少流言、谎言或谣言？东亚银行挤提事件在本质上跟超市抢米、股市或赛马的小道消息、艺人名人的丑闻绯闻、手机致癌、恐怖袭击情报、大停电引发政变、医院或学校闹鬼、拐带人口做桥趸、闹市乱扎艾滋针……究竟有多大分别？困惑是有过的，其实想深一层也没什么吧，“城市谣言”（urban rumor）不是早已成为我们日常生活不可分割的一部分吗？

谣言散播的市场策略

“城市谣言”导致银行挤提、超市抢米或股市波动这等社会事件，早已屡见不鲜。记忆所及，几年前美国曾爆出光纤生产商 Emulex 的行政总裁辞职，业绩亦修正为亏损的网上传闻，一些著名财经网站都转载了，引致 Emulex 被洗仓，市值迅速蒸发了 25 亿美元，最后才查出那是一名 23 岁学生的杰作。东亚银行的小规模挤提，说来是“小儿科”了。

我们其实一直活在充斥着谣言的时代。奥尔波特（G. W. Allport）与普斯曼（L. Postman）合著的《谣言分析》(*An Analysis of Rumor*) 为谣言传播列出一条公式：谣言流传量＝问题的重要性 × 证据的暧昧性。他们研究的是 1942 年“珍珠港事件”的谣言，指出那是由于美国人不信任官方的“战时损失报告”，并且从中发现，谣言散播过程有三种基本机制：其一是削平（leveling），其二是磨尖（sharpening），其三是同化（assimilation）。如此说来，谣言散播其实也有一套市场策略。

奥尔波特认为社会动荡往往是谣言的温床，谣言总是在有相类想法（或共同恐惧）的人群之间传播，此一人群构成了特定时空情境下的“利益共同体”，所涉议题的社会、经济或政治的意义和利益愈大，影响力的公约数便愈大，相关利益群体“利益共同体”的规模也愈大。换句话说，谣言在战时状态，往往是阴谋论最具杀伤力的武器——这一点，当然也可以证诸现代政客的互相攻讦，更可以证诸选举期间不断涌现的“告急牌”。

新闻与谣言的“三段论”

法国有一位“谣言分析家”，名叫卡普费雷（Jean-Noel Kapferer），他在《谣言：利用、诠释及影像》（*Rumors: Uses, Interpretations, and Images*）一书指出，谣言与信息的分别仅仅在于主观的相信程度，你相信一位朋友，便很容易相信他传播的消息，参与散播的可信的朋友愈多，谣言的流传面便愈广，流传的时间便愈长；与此同时，谣言往往很“短命”，当民众普遍认为那是谣言，就是谣言死亡的时候了。

据卡普费雷分析，所谓“真实”，乃源于社会大多数的一致同意，故此，群体认为是真的，那就是真的，从而列出一条这样的等式：新闻=谣言=信息。那是说，三者往往浑不可分，唯一的判断标准就是可信程度。他更提出新闻与谣言的“三段论”：

其一，谣言是新闻。谣言传播迅速的根源在于其新闻性质——首先，它是新闻，涉及群体；其次，这新闻具有时间性，过了有效期便彻底失效。

其二，谣言不是新闻。社会谣言既无官方消息来源，亦非大众传播，只是在地下流传，因此限定了活动范围，只是特定人群的私下行为。

其三，谣言可能是也可能不是新闻，此一界定说明了谣言与新闻有某程度的共通性，同时又有某程度的差异性。

卡普费雷这样说，是由于大众传媒往往介入并扩大了谣言，变相为谣言背书出生证明书——那是说，媒体以正正反反的报道使谣言合理化和权威化，强化了谣言的可信程度。更主要的，是大众媒体既报道事实和真相，也将牵涉范围较大的谣言当作新闻来报道，还附加了“虚惊”、“惊魂”、“恐慌”之类的大字标题。

“我们的文化史”

我们为什么曾经相信有人在闹市乱扎艾滋针？为什么曾经相信手机或咸鱼、腐乳会致癌？为什么曾经或依然相信掳人割肾的传闻？那都是由于大众媒体有很多“未经证实”、“知情者透露”的小道消息，当然，也有大量只求逗趣的花边新闻和八卦传闻。

按照卡普费雷的说法，我们其实活在一个新闻与谣言共生的时代，害怕也没用。那么，也许可以读些教我们免于恐惧和迷惘的闲书，比如说，读坎比安－云信（Veronique Campion-Vincent）与雷纳（Jean-Bruno Renard）合著的《城市传奇》（*Urban Legends*），读一些像小说般的“城市谣言”，诸如《纽约下水道里的鳄鱼》、《微波炉里的猫》、《被偷走的肾脏》、《大卖场里的毒蛇》，等等，原来这些匪夷所思的现代传奇就是“我们的生活”，很多年后，就像古老的民间传说那样，成为“我们的文化史”。

这两位法国现代寓言作家告诉我们，谣言一如传奇，没什么可怕，只有对谣言的迷信和恐惧才是可怕的，充斥于社会的谣言其实一直反照着我们的恐惧与欲望，解读谣言原来有助于认识和解除我们的焦虑，救赎我们的罪恶感——不管谣言以何种姿态现身：是八卦传闻

(gossip）还是宣传手段（propaganda techniques），是恶作剧（hoax）还是政治阴谋（political conspiracy），谣言不断繁殖，不断复制，从来都不会止于智者，它只可能让人心在不断污染中学习净化。

书目：

《谣言分析》（*An Analysis of Rumor*），奥尔波特（G. W. Allport）、普斯曼（L. Postman）

《谣言：利用、诠释与影像》（*Rumors：Uses，Interpretations，and Images*），卡普费雷（Jean-Noel Kapferer）

《城市传奇》（*Urban Legends*），云信（Veronique Campion-Vincent）、雷纳（Jean-Bruno Renard）

4 收入是一连串的事件

华尔街的丧钟敲响了，史无前例的金融海啸席卷全球，近日不断有金融机构倒闭，不断传出有一些国家濒临破产，经济生态恶化的消息真是怵目惊心。美国联储局主席伯南克（Ben Bernanke）在 2007 年 7 月声称，次按亏损将不至于超过 1000 亿美元；言犹在耳，2008 年 9 月公布的美国金融机构的资产减损数字，原来已突破了 5000 亿美元，而且肯定还远远未到最坏的时刻，从而可见经济生态急剧恶化的程度，已非联储局所能预估和控制。

近日有不少经济学家和财经专栏作者都在提到一位美国经济学家——欧文·费沙（Irving Fisher），以及他在 1932 年出版的经典著作《繁荣与萧条》（*Booms and Depressions*），仿佛大萧条时代已在每个人的家门外响起了脚步声，欧文·费沙其人其书就是此刻安身立命的宝典。

其实欧文·费沙在《繁荣与萧条》出版后翌年，便发表论文“大萧条时代的负债通缩定律”（The debt-deflation theory of great depressions），对书中观点加以深化。他认为只有再造通胀才能抵消“债务通缩”的循环，因为严重负债的个人和企业通常会抛售资产，以偿债务；但如果人人均试图在同一时间抛售资产，便会形成恐慌性抛售，这必然导致市场价格急剧重挫，结果是财务恶化速度必然超过偿债速度。他认为资产价格通缩势必演变成恶性循环——恐慌性清偿债务的后果之一，正是经济严重衰退，亦即大萧条时代的来临。他 70 多年前的论说如同预言，说的似乎就是今日美国的状况。

患肺结核的奇人

欧文·费沙是一位奇人，他一生做了别人三世也做不完的事。他在耶鲁大学念数学，却成为美国第一个经济学博士、美国第一位数理经济学家。他早年丧女，中年丧妻，他在 30 岁左右（约 1898 年）便患上肺结核，那是当时的不治之症，可他不服输，往后一直跟病魔搏斗，活到 80 岁。

费沙不单是经济学家，还是生命斗士、养生专家。他在 1913 年创办“生命延续研究所”（Life Extension Institute），与医学专家费斯克（Eugene Lyon Fisk）合著《如何生活》（*How to Live*）一书，向公众介绍养生之道，此书先后共出 90 版，销逾 40 万册。他在 1922 年还写了《联盟或战争》（*League or War*）一书，呼吁美国放弃孤立主义，参加国际联盟，为世界和平而努力。他一直都在不同领域广布福音。

在 1929 年 10 月爆发史上最大的股市崩盘之前，费沙一直是大好友，他当时声称美国经济正值高峰期，可是，转眼间美国便陷入经济大萧条，美国国民所得减半；这还不止，他发明了一套可显示指数系统，取得专利，还开办公司，其后更与竞争对手合并，赚了大钱。可在经济大崩溃之后，股票都变成了废纸，他损失了约 1000 万美元。他破产了，声誉因而大受打击。可他就是不服输，破产后闭门研究经济理论，经典著作陆续推出——在 1930 年，出版《利息理论》（*The Theory of Interest*），两年后出版在今天被全球广泛引用的《繁荣与萧条》，成为20世纪最有影响力的经济学家。

从欧文·费沙的故事，可以看出一个不争的事实：经济学家从来都不是市场预测的专家，他们预测的能力未必高于相命先生。欧文·费沙作为股市大好友，在大崩盘之后他不但破了产，声誉也一落千丈，可他因此而潜心研究经济理论，完成了他的经典著作，或者可以这样说吧，一段不幸的经历原来可换转成一股巨大的力量，如此这般，成就了一位对后世有极其深远影响的经济学大师。

欧文·费沙被引述得最多的著作，并不是《繁荣与萧条》，那只是由于近来爆发的金融海啸，才有愈来愈多的经济学家和财经专栏作家从中取经；他被引述得最多的一句话，倒是《利息理论》第一章第一段的第一句话："收入是一连串的事件。"（Income is a series of events）这句话历来在不同的经济学家笔下往往有不同的解释，可见这句话有极大的诠释空间。

利息必高于零

张五常认为欧文·费沙是20世纪最有影响力的经济学家，甚至认为《利息理论》驳倒了马克思的《资本论》。张氏在《经济解释》为"收入是一连串的事件"作出这样的解读："果树会结果，农地有收成，结果与收成都是收入。然而，这收入可不是在果熟或稻熟时才得到的。果树或农作物每天都在变，不停地变，而每一小变都是收入（或负收入），所以收入是一连串的事件了。"欧文·费沙认为一切能带来收入的东西都是资产，而每份资产带来的收入，都是这资产的利息。这定义极简洁，却可以解释不同的经济现象。

欧文·费沙在《利息理论》这本经典著作中，为利息确立了一个划时代的概念：不管通胀、风险、交易费用，甚至不必理会货币——假设有一个不存在货币的社会，仍停留在以物易物的原始市场阶段，利息依然是存在的。欧文·费沙认为，利息的存在，不需要货币，只需要市场，物品交换本身已经是市场了。

在欧文·费沙的利息理论中，利息必定高于零。原因有二，其一是消费者总是急于享受消费——优先享受的代价，就是利息。利息是一个价值，不是物品之价值，也不是时间之价值，而是提早消费之价值。其二是“投资机会”（opportunity to invest），他认为投资总是有回报的。任何物品或资源的现值（present value）与期值（future value）之差额就是利息。由于时间有长短之分，利息应以一个同期的利率乘以现值计算出来。这道理极简明。

利息与贷款

一切收入都总是流动的，必然有时间性的——无论怎么做好一份工，工资也是可加可减的，也总有退休的一天；而财富作为现值，本身并无时间性，因此是静止的。“收入是一连串的事件”这句欧文·费沙极其省略的名言，就是考虑到财富与收入（包括利息）的关系：假定收入不变，那就意味着较远期的现值会比较低，较近期的现值会比较高，而财富就是所有收入的现值之总和。如果把所有的收入以利率折现之总和而求得财富，再把这财富乘以利率，便得出另一种收入，称为“年金收入”(annuity income)。

在欧文·费沙的《利息理论》中,“年金收入”是一个重要的概念。财富（所有的收入以利率折现之总和）乘以利率即“年金收入”,要是倒转过来，这收入除以利率就是财富了。这个简单的方程式非常好用，可应用于衡量任何投资，尽管不一定绝对有效，但不失为一个参考性甚高的考虑因素。另一方面，财富乘以利率就是利息，利息因而与收入挂钩，欧文·费沙从而提出一句格言式的结论：利息不是收入的局部，而是收入的全部。

《利息理论》的一个重要贡献，就是把资本的概念一般化。欧文·费沙为资产作出一个简明的定义：凡是可以导致收入的都是资产，而收入折现后的现值，就是资本，也是资产的市价。他的资产概念也很简明：土地、劳力（人力资源)、知识是资产，专业牌照、样貌、家庭……无一不是资产，因为大前提是只要能带来收入的，都是资产——只要把收入乘以利率折现，就是资本了。

然而，利息作为收入的全部并不是毫无条件的，欧文·费沙早就在《繁荣与萧条》这本经典著作中指出，倒转过来，低息资金是过度负债的主因。试想：当一个投资者认为可以用年息六厘借贷资金，而每年可以赚取超过100%的利润，他必然会设法去借钱，资产和资本增长愈急速，借贷额便愈大，但以低成本借贷去赚取极高利润原是一个危险的财富梦，终有破灭的一天，那是1929年过度负债的主要祸因，也是目下这场金融海啸的主要祸因。

书目：

《繁荣与萧条》（*Booms and Depressions*），欧文 · 费沙（Irving Fisher）

《利息理论》（*The Theory of Interest*），欧文 · 费沙（Irving Fisher）

《经济解释》，张五常

5　　奥运背后微笑的诸神

2008年是奥运年，可以肯定也是世界纪录大丰收的一年——37项游泳世界纪录刷新了，男子100米短跑与110米跨栏也相继打破世界纪录，这些频密涌现的世界纪录意味着什么？最简易的答案是人类不断创造身体的奇迹，不断突破体能极限；这是人的神话，然而，神话背后原来有更高级的诸神正在微笑，它们的名字不是Olympus，而是科技、电视和广告。

110米跨栏要跑多少步？

最新的世界纪录是110米跨栏，古巴小将罗伯斯（Dayron Robles），在国际田联大奖赛捷克站跑出12秒87的成绩，比刘翔在2006年7月11日所创的12秒88，快了0.01秒。这0.01秒其实是科技成果，尽管执行任务的始终是人。

奥运一如世界杯足球赛（或欧洲国家杯足球赛），对大多数人来说，意义仅仅在于电视直播，但没多少人明白，在荧光屏上看见的只是赛事的局部，而不是全部。比如说，电视观众只关心运动员如刘翔的成绩——电子定时器显示出来的数字似乎就是唯一的答案，没有人会问：110米跨栏要怎样跑？要跑多少步？

世界纪录的答案隐藏在看不见（或视而不见）的赛项结构里——110米跨栏共有十个栏，栏高1.067米，栏距是9.14米，起跑至第一个栏距离为13.72米，最后一个栏与终点距离为14.02米。

刘翔和美国顶级选手都是“八步上栏”，只有罗伯斯能做到“七步上栏”；基本上，选手大都每栏跑三步，十个栏要用九个三步，终点跑需要六步，那是说，大部分世界级选手要跑41步（$3 \times 9 + 8 + 6 = 41$），罗伯斯只跑40步，胜负关键就是一步之差吗？答案绝对没有那么简单。

科研组与品牌的竞赛

这是一个公开的秘密：刘翔背后有一个“刘翔科研组”，罗伯斯背后也有一个“罗伯斯科研组”，科研组专门为运动员做科研工作——摄录训练及比赛过程，从而作出科研分析。

据“刘翔科研组”组长李汀分析：罗伯斯的起跑反应时间是0.134秒至0.142秒，刘翔是0.105秒，跟100米短跑的0.104秒的最快起跑反应纪录，仅相差0.001秒；罗伯斯前三栏很强，后七栏稍弱；刘翔前三栏较弱，后七栏很强。刘翔第二、三栏只跑0.98秒，最快的栏周期速度是0.96秒，末段加速更是刘翔的“撒手锏”，这些优势足以抵消“一步之差”。

当然，罗伯斯以及其他参赛者的科研组也有大同小异的数据分析，也就是说，比赛的不仅仅是运动员，还有科技专家在幕后竞赛。

当然还有另一种肉眼可见的幕后竞赛，刘翔的赞助商是Nike，而罗伯斯的赞助商是Adidas，两者都是在电视广告中最常见的品牌——不要忘记，电视体育直播从来都不是免费的。

“飞人”被改造成一部“超级机器”

男子100米短跑的原理也是如此，科研要将“飞人”改造成一部“超级机器”。2008年纽约田径大奖赛，牙买加选手博尔特（Usain Bolt）以9.72秒打破同胞鲍威尔（Asafa Powell）前一年所创的9.74

秒的世界纪录。

鲍威尔的教练弗朗西斯（Stephen Francis）说，大多数观众并不真正了解 100 米短跑，他们以为只需要朝着终点线狂奔，其实不然："100 米基本上是对完美的追求。换句话说，赢得冠军的人，也是不犯错误的人……冠军能精确导演自己的比赛：跨多少步，投入多少力量，什么时候投入。你必须有策略。你必须抗拒一开始就竭尽全力奔跑的本能，否则，到 60 米时你就消耗完了能量。"

鲍威尔形容 100 米短跑像飞行："前 20 米时，你的步伐应该尽量大。从 20 米至 50 米，步幅仍然大，但你必须减小步伐，因为那时身体开始往上冲，40 米至 50 米时，你的身体完全笔直，就像飞机起飞……60 米后，你无法加速，你必须努力保持速度，开始放松，摆动手臂，跑得最好时，感觉像飞行。"

弗朗西斯以科学解释短跑："鲍威尔是个迈小步的大个子。2005 年，他跑出 9.77 秒时用了 48 步。前世界纪录保持者格林（Maurice Greene）个子较矮，他跑 9.78 秒只用了 45 步。当鲍威尔只用 45 步，他便跑出了 9.74 秒。"

荷兰数学教授阿尹马鲁（John Einmahl）将两千多名男女短跑运动员的数据输入计算机，从十四项原则进行分析，认为男子 100 米世界纪录可达 9.29 秒极速。这当然需要各项科技的配合，包括跑道新技术，下面质地较软——目前最先进的跑道是双层的，上部较硬，这种设计有助于短跑运动员提升速度，并且可降低表面温度。最重要的还是药物，既帮助运动员增强肌肉爆发力，也要避过检测以免堕入"禁药"的"陷阱"——短跑运动员被褫夺奖牌是屡见不鲜的丑闻。

“超级泳衣”：与水中阻力的斗争

奥运项目的科技焦点肯定是“鲨鱼泳衣”。2008 年迄今，共有 39 项游泳世界纪录被刷新，只有四名泳手不是穿上 Speedo 新型泳衣 LZR Racer。据说美国太空总署（NASA）也参与了这款“超级泳衣”的设计。国际泳联认为没有确实数据证明“超级泳衣”有利于游泳速度，因此在 2008 年的奥运会并未禁止使用。

游泳运动已发展成高科技的比拼，在泳衣的发展上尤为明显。20 世纪 40 年代的丝绸泳衣，50 年代后期的尼龙泳衣，1972 年墨尔本奥运会上亮相的毛线泳衣，都曾令举世瞩目。1988 年汉城奥运会的焦点，是美国选手号称无阻力的“大力士”泳衣。

2000 年的悉尼奥运会，130 个国家和地区的选手身披“鲨鱼泳衣”，结果囊括了悉尼奥运会游泳比赛 83％的奖牌。2004 年，第二代“鲨鱼泳衣”FS2 问世，据说可大幅度减轻水中阻力。

游泳是与水阻力斗争的运动。在世界游泳锦标赛夺得 7 金 5 银破世界纪录的美国泳手菲尔普斯（Michael Phelps）说：“这衣服（指 LZR Racer）像航天服……未穿过这么好的泳衣，它肯定能帮我打破更多的纪录。”

看奥运，就是看电视

仿生物科技改变了体育运动（尤其是奥运），据统计，北京奥运将有超过 50 个国家的游泳运动员会穿上 LZR Racer，不包括中国队，因为中国游泳队的服装赞助商是 Nike。科技如果不能变成商品，体育用品的品牌何来巨款买得起全球足球大赛和奥运会？是的，所谓看奥运，说穿了，就是看电视。

北京奥运正好赶上一个由科技、电视、广告合奏的大时代，回顾 112 年前，真是不胜唏嘘——1896 年第一届现代奥运会召开前夕，法国人顾拜旦致函光绪皇帝，邀请中国参加雅典奥运会，但慈禧太后及其幕僚根本不懂“田径”之类为何物，加上清廷面对内忧外患，最终，在这场有 13 个国家、311 名运动员参加的首届现代奥运会上，中国缺席。

112 年后，奥运背后的诸神，终于在北京的天空上微笑了。

6　战争隐喻与民族英雄

奥运果然“大晒”，声称“我哋就系奥运”的 TVB 也不得不临时变阵，将黄金时段的剧集——包括“镇台戏宝”《溏心风暴之家好月圆》——押后播映，更一再临时取消。女排大战中国对古巴、中国对美国仿佛就是唯一的选择，教观众看得如痴如醉，都在电视机旁为中国女排加油，都呐喊得近乎声嘶力竭。在那一刻，荣格所说的“集体无意识”（collective unconscious）忽而复活了，而且不断唤醒一个民族沉睡已久的集体梦境……

中国女排："大契"或"荷妈"

北京奥运不是洛杉矶奥运，中国女排也不是24年前的中国女排，是的，两者都不免是某种价值意义上的大折让，为什么依然教不一定是体育迷、对奥运不一定有好感的电视观众自觉或不自觉地陷于疯狂？荣格认为那就是神话英雄的复活，那就是经过漫长的时代迭替所沉淀下来的潜意识。

中国女排连败两仗，都在连番领先之下，打至决胜局才惜败，电视观众的心情不免是复杂的。眼看自己心目中的英雄（或英雌）连番受挫于作为"异物"的客队，不免有点失望，可又不完全是失望。年轻的观众或会期待英雄在历险过程中忽然获得神授的力量，得以绝处逢生；资深的观众或会联想到24年前的一场终极大战——初赛落败不要紧，在决赛才见真章吧。

不要大惊小怪，在某些家庭观众眼中，女排大赛就是肥皂剧的代替品，中国女排也许就是他们心目中的"大契"或"荷妈"，吃尽眼前亏也不必过于计较，按照"剧情"推断，中国女排总有苦尽甘来的一天，到时才狠狠地吐一口乌气也不迟。这样说来，中国女排跟"大契"或"荷妈"似乎有一个共通点：她们都是脱胎自武侠小说里的落难英雄（或英雌）。

荣格的"集体无意识"学说在西方世界方兴未艾，英国媒介学者约翰·伊索（John Izod）就借用了荣格的神话英雄"原型"（archetype），在《神话、心灵与银幕：认识我们这个时代的英雄》（*Myth*，*Mind*， *and the Screen：Understanding the Heroes of Our Times*）一书中指出，在一个没有英雄的年代，银幕上的英雄就是我们的心灵所渴求的完美形象。就以英雄战胜“异物”（侵略者、怪兽、魔鬼、天外来客……）为例，英雄就是“自我”的象征，“异物”则象征“自我的阴暗面（或恐惧）”——人类心智的成长历程都是一段接一段的“英雄的旅程”，必须发现并且征服自己的阴暗面（或恐惧）才可成大业。

中美男篮：正邪的对决

那其实也是美国神话学家坎伯（Joseph Campbell）的观点，他在《千面英雄》（*The Hero with a Thousand Faces*）一书中指出，诸神传说与英雄历险故事就是成长的隐喻：“英雄总是从日常生活的世界出发，历尽险阻，遭遇奇幻的力量，赢得决定性的胜利；同时也总是从神秘的历险过程中，把送给同胞的恩赐力量带回家园。”这些英雄故事的内里，是有血有泪的人生。

中美两国元首一如中美两国的篮球观众，在观看中美男篮对垒的过程中，不仅仅是看球赛，还要看一场“集体无意识”里的“战争替代游戏”，都不免投射了“自我”：将自己的国家队当作英雄，将敌对的国家队当作英雄所必须遭遇和正面交锋的“异物”。

那绝对不是天方夜谭，将体育视为“另类战争”的专著为数不少，J. A. 摩根（J. A. Mangan）主编的论文集《好战·体育·欧洲：没有武器的战争》（*Militarism, Sport, Europe：War without Weapons*），就认定体育竞赛就是“后战争时期”的“模拟战争”——既是战争的替代品，也是“战争症候群”的“解药”：电视体育频道正是一个“仿真战场”，现代人早就摩拳擦掌，透过体育竞赛宣泄好战的情绪。那是一个恒常的紧急状态，一种道德上的妥协，然而，将己方当作正义的英雄，将敌方当作邪恶的“异物”，倒是永恒不变的。

坎伯说得好：神话和英雄的“主题永远只有一个，我们所发现的是一个表面不断变化却十分一致的故事。其中的神奇与奥秘是我们永远体验不完的”。在体育世界里，只有主场（home）和客场（away），作为体育赛事的观众，如果不是敌对双方的其中一方一队的忠实拥趸的话，如果只是冷静地作壁上观或冷眼旁观的话，如何能够看得投入甚或看得疯狂？在这一观点上，任何体育赛事基本上不存在任何中立的第三方，否则，体育早就完蛋了。

神话图谱：记忆与遗忘

就这一层意义而言，单项体育竞赛是小规模的局部战争，奥运会就是四年一遇的世界大战。隶属于不同民族的全人类正好透过体育作为“隐喻的战争”这一层意义，寻找荣格所说的神话英雄：人类借着不断传述或再创造神话（或民间传说），为一代一代积累下来的“集体无意识”寻找具有象征意义的战场，那是因为神话反映了民族的集体心理，同时也象征了不同民族的国民普遍经验。作为四年一遇而国际体坛认可的世界大战，奥运会不可能不是一个充满掠夺性的、弱肉强食的原始战场，不可能不是一座生产民族英雄的超级工厂。

然而，体育英雄犹如战场上的军人，只有在升起国旗、奏起国歌的一刻才最撼动人心。在奥运会上，总是只有少数国家是奖牌大户，奖牌数目太多了，如果不是超级体育迷或奖牌得主的亲友，谁会记得谁赢得多少公斤级举重、拳击、摔跤、柔道，名目繁多的马术赛，手球、曲棍球、划艇等边缘化项目的奖牌?

卡罗·S. 皮尔森（Caro S. Pearson）的《内在英雄：六种生活的原型》（*The Hero Within：Six Archetypes We Live By*）也许就是现代世界最普及的英雄读本，这张“神话图谱”展示了六种“内在英雄”的“原型”：

“天真者”（全然信任）、“孤儿”（渴求安全感）、“殉道者”（自我牺牲）、“流浪者”（毕生探索）、“斗士”（战胜与战败）、“魔法师”（本真与整全合一）——它展示的既是国家和民族的，也是运动员和体育观众的成长历程。

问题是，奥运一如世界杯足球赛，在这一届和下一届之间，有四年时间让全人类忘掉成长历程，然后重新学习，也有四年时间让国民忘掉边缘化的民族英雄的名字，然后重新认识新一代的英雄名字。

书目：

《神话、心灵与银幕：认识我们这个时代的英雄》（*Myth，Mind，and the Screen：Understanding the Heroes of Our Times*），约翰·伊索（John Izod）

《千面英雄》（*The Hero with a Thousand Faces*），坎伯（Joseph Campbell）

《好战·体育·欧洲：没有武器的战争》（*Militarism，Sport，Europe：War without Weapons*），J. A. 摩根（J. A. Mangan）

《内在英雄：六种生活的原型》（*The Hero Within：Six Archetypes We Live By*），卡罗·S. 皮尔森（Caro S. Pearson）

7 与种族主义的幽灵同在

在香港立法会通过《种族歧视条例草案》翌日，读到一则花边新闻：印度有一个电视广告涉嫌种族歧视，肤色黝黑的女主角碰见旧男友跟皮肤白皙的新女友手牵手，女主角在情绪低落之际试用美白产品，她有一天再遇旧男友，他被她美白的肌肤吸引，后悔当初弃她而去，两人终于破镜重圆。这个远距离的故事仿佛提醒我们，必须慎防肤色惹的祸，还要学习如何跟种族主义的幽灵同在。

有色人种的漂白想象

印度一位女学者认为，这个美白产品广告触及印度的历史伤痕：公元前 14 世纪，雅利安人成为印度北部的统治阶级，印度人遂有此错觉——白皮肤是高贵的，深肤色则是低等的象征。然而，印度年轻女性可不这样想，她们大多认同白就是美，不认为广告涉及种族主义。截然不同的反应也许指向一个史实：从雅利安人东来到全球化商品美学，一直在漂白有色人种的想象。

那么，不如将距离调校近些，比如说，要是有人将华人归类为黑人，我们会不会感到被冒犯？案例发生在曾经实施种族隔离政策的南非，当地高等法院较早时作出历史性裁决，将南非华人归类为黑人，让他们享有黑人同等福利，包括可以优惠价购买股票、优先晋身商界高位等。法官裁决时称，依据“公平就业法”及“广义振兴黑人经济法”，“黑人”的定义不但包括非洲人、有色人和印度人，也应包括华人。这是另一种历史处境里的另一个故事，大概足以说明种族分类不仅仅限于肤色。

罗贵祥在《隐形的邻居》(*Invisable Neighbor*) 一文提出一个让人值得深思的历史观点：“在 20 世纪初期，《中国邮报》(*China Mail*) 的一个名叫‘贝蒂’(Betty) 的讽刺专栏提出，‘我所理解的香港人口只有威廉（她的丈夫）及另外三百多人，他们当中，没有一个是中国人。’”这段夸张的描述反映了一般英国人如何“无视”他们与中国人的邻居关系，也可能揭露了英国流外者和殖民者的典型态度，他们在意识形态上消除这个港口城市的其他族裔（包括葡萄牙人、印度人、欧亚裔人以及其他亚洲人），以绘制自己心目中的殖民乌托邦地图。”一百年过去了，我们终于要问自己：“贝蒂”还存在吗？

反种族歧视的世界大潮浩浩荡荡，那不仅仅是“政治正确”，也许要从历史和文化差异的角度切入，才可以见出深层意义；香港的反种族歧视条例毕竟来得太迟了，此刻我们才意识到一个事实：占本港人口 5% 的“邻人”并不是“隐形的”，生活在“和谐社会”的框架里的“邻人”不限于嘉道理和夏利里拉家族，也不限于夏佳理、乔宝宝、菲佣、泰佣、印佣和重庆大厦的诸色人种，还有多达 30 万的少数族裔，他们原来都是不知名、无面貌的——是我们一直对他们视而不见吗？还是我们根本不愿意认识他们，无视他们的存在？

体育竞技的空白支票

我们其实一直活在一个充满种族主义幽灵的世界，此刻正好有一个机会思前想后，渐渐觉得如果善待邻居不完全是为了“政治正确”，不完全是为了响应“和谐社会”的号召，就已经很不错了；当然，要是“反种族歧视”条例不至于激化沉睡已久的“种族矛盾”，就更好了。

真的，我们一直活在一个充满种族主义幽灵的世界，看电视直播的英超，会看到“让我们踢走足球的种族主义”（Let’s Kick Racism Out of Football）的标语，早些时看欧洲杯，会发现“欧洲足球反对种族主义”（Football Against Racism in Europe）发起的“向种族主义说不”（Say No To Racism）的宣言和运动，因为欧洲白人正是种族主义的先驱，他们以社会达尔文主义（Social Darwinism）和优生学（eugenics）为理论基础，发展出白人较有色人种优越、比有色人种更适合生存的学说。

体育竞技一直都是种族主义的温床，这一点可证诸艾里亚斯（Norbert Elias）与邓宁（Eric Dunning）合著——《追求刺激：文明进程中的体育与消遣》（*Quest For Excitement: Sport and Leisure in the Civilizing Process*）。此书指出：在文明进程中，为了维持公共秩序，加强人民道德感的自我约束力，暴力被模拟的对抗（即体育竞技）所代替，成为民族宣泄情绪的合法管道，相对于战争，体育竞技明显地降低了身体接触的暴力程度，且有一致的规则和自律加以协调和约束。

艾里亚斯认为，在体育竞技的世界里，种族主义与民族主义通常是硬币两面。打破世界纪录，赢得奥运金牌，在一场球赛胜出意味着什么？那是一张空白的支票，可以为“民族”或“种族”空洞的欲望任意填上各取所需的意义——尤其是由文化差异性长久累积起来的、危如累卵的民族主义。

丑陋的“人类学日”

奥运史在某种程度而言就是种族主义发展史，1904年在圣路易举行的第三届奥运会，正是奥运史上种族歧视最丑陋的一页。美国组织者原拟禁止有色人种（特别是黑人）参赛，后因舆论压力撤去了禁令，但依然宣称“低等民族”不可能战胜白人。最丑陋的还是附设“人类学日”（Anthropology Days），赛会假学术研究之名，广邀来自世界各地的克劳族人（Crow）、苏族人（Sioux）、波尼族人（Pawnee）、纳瓦霍人（Navajo）、恰布瓦人（Chippewa）、爱努族人（Ainu）、可可帕人（Cocopa）、亚兰人（Syrians）、巴塔哥尼亚人（Patagonians）、祖鲁人（Zulus）、俾格米人（Pygmies ）、摩洛人（Moros）、矮黑族人（Negritos）和伊哥洛特 - 加龙省人（Igorots）参与爬杆、掷泥巴等“野蛮人的竞赛”。

更可耻的是，《洛杉矶时报》（*Los Angeles Times*）还以“野蛮人的大滑稽”（Great Fun For Savages）大字标题报道，这场丑陋的竞赛的胜出者获颁的不是奖牌，而是美国国旗。难怪“现代奥运之父”顾拜旦（Pierre De Coubertin）得悉此事，直斥那是人类的耻辱。

一百年过去了，一切涉及种族、肤色的话题都要准备承担“政治不正确”的罪名。美国体育记者安堤（Jon Entine）在 2001 年写了一本探讨黑人运动员体格的书，书名叫《禁忌：为什么黑人运动员垄断体育而我们害怕谈论这话题》（*Taboo: Why Black Athletes Dominate Sports and Why We Are Afraid to Talk About It*），此书指出：黑人（包括男女）运动员的强势并不是由于他们被其他行业摒弃，而是由于他们天赋的体格。

道德救赎的陷阱

安堤收集了大量数据：过去四届奥运会（指 1988 年、1992 年、1996 年和 2000 年）的 32 位男子 100 米短跑决赛选手俱为西非黑人，10 年来男子 100 米短跑 10 秒以内的 230 个最快速度俱由黑人所创，从没有白人能跑出 10 秒内的成绩，来自东非的肯尼亚人则垄断了半数以上的长跑（5000 米、10000 米及 3000 米障碍赛）的顶尖成绩，因为与白人相较，来自东非和西非的黑人的骨骼、肌肉组织、荷尔蒙以至睾丸素，都具有爆发性的能量。

安堤的论述是基于体育科学，但不可避免地触及种族和肤色的禁忌，引起了一连串非理性的争论——也许，体育科学不一定是对的，但“政治正确”的观点肯定不足以驳倒科学数据和生物科技。真的，种族歧视有时不免是个道德救赎的陷阱，黑人牙膏的英文名称早就由 Darkie 改为 Darlie 了，连美白产品也陷于肤色的迷思了，南非华人被策略性地归类为黑人了。没事，我们早已习惯了生活于一个充满种族主义幽灵的世界，只是还得要好好学习如何与幽灵共处，学习如何适应种族歧视法例罢了。

书目：

《追求刺激：文明进程中的体育与消遣》（*Quest For Excitement：Sport and Leisure in the Civilizing Process*），艾里亚斯（Norbert Elias）、邓宁（Eric Dunning）

《禁忌：为什么黑人运动员垄断体育而我们害怕谈论这话题》（*Taboo：Why Black Athletes Dominate Sports and Why We Are Afraid to Talk About It*），安堤（Jon Entine）

8 欧洲杯：借来的破壶

欧洲国家杯足球赛已经曲终人散了，决赛没有土耳其，也没有俄罗斯，只有德国和西班牙，再没有任何新鲜感了——这项以国家为参赛单位，却在欧盟这个“超国家体制”（Supra-national Authority）的属土上举行，本质上不免是个悖论的足球赛，再一次象征性地瞄准民族主义的内核，将边缘的部分悉数淘汰出局，西班牙人赢得的奖杯不管有多闪亮，还只是弗洛伊德在《梦的解析》里所说的“借来破壶”，在里面蠢蠢欲动的，正是老欧洲的民族主义与种族主义的幽灵。

一个德国老笑话

弗洛伊德借用了德国的一个老笑话，以解释梦境的逻辑：甲向乙借用一个壶，归还时发觉那壶破了个洞，甲便向乙提出三个解释，其一，我从来没有借过你的壶；其二，我交还给你的时候，壶是完好无缺的；其三：当初借壶的时候，壶已经破了。这三个说法真是矛盾重重。有趣的是，齐泽克（Slavoj Zizek）也借了弗洛伊德的壶，写成《伊拉克：借来的壶》（*Iraq: The Borrowed Kettle*）这本书，要说的正是美国出兵伊拉克的理据一如"借来的壶"的逻辑，就是以众多站不住脚的借口，坚拒承认真相——甲还给乙的，乃是一个破壶。

"借来的壶"恰巧是德国的一个老笑话，对于初赛负于克罗地亚，却在复赛及准决赛忽然神勇地杀退葡萄牙及土耳其而打入决赛的德国来说，似乎另有度身定制的意义——日耳曼人傲慢的民族性格跟他们效率化的足球一样举世闻名。可是对于欧洲的反种族主义运动来说，西班牙与德国打入决赛显然并非最佳选择，因为两队的成员绝大部分是白人，种族不够多元化，不利于反种族主义的宣传——当然，我们只能从肤色、国籍等表面资料作出判断，很难查究球员是否带有犹太人的血统，是否混血儿（尤其是北非或阿拉伯血统）。

幸好夺得冠军的是西班牙，球队中至少有一名原籍巴西的黑人球员马科斯－塞纳（Marcos Senna）乃经常入选，情况似乎比之经常以纯白人亮相的德国队好一些。事实上，德国队也有"外援"，比如表现未如理想的前锋戈麦斯（Mario Gomez），他在西班牙出生，倒不是有色人种；当然也有好一些波兰裔成员，还有黑人球员——入选而鲜有上阵的奥登科尔（David Odonkor），以及在2006年世界杯入选国家队的阿萨莫阿（Gerald Asamoah），俱为带有加纳血统的黑人。

也许，以国家为单位的足球大赛在本质上不可能不是民族主义的，欧盟拥有27个成员国，有12个跻身欧洲国家杯16强：捷克、德国、希腊、西班牙、法国、意大利、荷兰、奥地利、波兰、葡萄牙、罗马尼亚、瑞典，另有土耳其和克罗地亚是候选成员国，非成员国就只有俄罗斯和瑞士。在决赛之前，土耳其的连番绝处逢生，俄罗斯踢出悦目而充满朝气的进攻足球，是整个赛事的两大亮点，很多资深球迷一度有此幻觉：这两大亮点疑是四年前希腊式“神谕时刻”（kairos）的新版本。

那么，在欧盟属土上举行的欧洲国家杯到底有什么隐喻？大概就是欧洲人（不管是活在欧洲核心的西欧人，还是活在欧洲边缘或外围的土耳其人或俄罗斯人）时刻在口头上自我警惕，却浑不知在血液里永远潜流着的民族主义幽灵。

帕慕克：大败的心理隐喻

土耳其被德国淘汰出局了，帕慕克（Orhan Pamuk）大概会很沮丧吧，他是费内巴切（Fenerbahce）的终身“粉丝”，自称能像背诗篇那样背出1959年费内巴切赢得联赛冠军的阵容。他较早时接受德国《明镜周刊》（*Der Spiegel*）访问，便说过他很难接受土耳其落败，还说费内巴切跟切尔西（Chelsea）在欧冠杯次回合碰头。下半场落后时，他索性关掉了电视："看着我们的球员像孩子一样在球场上被欺负，很不好受。"

帕慕克不喜欢土耳其国家队的主教练特里姆（Fatih Terim），直指此君是个极端民族主义者，但他自己何尝没有民族主义的倾向？他的小说《黑书》（*The Black Book*）就有这样的一幕：一名律师在伊斯坦布尔寻找妻子，有一天从电台广播中听到英格兰以8∶0大挫土耳其："英格兰球员在球场上挑衅我们的球员，英国媒体还嘲笑伊斯坦布尔没有一块像样的球场草坪"，他认为，在足球场大败正是"国家的现状及羞辱心理的隐喻"。

前葡萄牙独裁者萨拉查（Antonio Salazar）利用足球作为统治国家的工具，足球是他提供给国民的鸦片，好让他们从躁动中安静下来。也许，欧洲国家杯就是欧洲民族主义的美沙酮，只是一种替代治疗——帕慕克却说："民族主义源自灾难，不管灾难是由于地震，还是因为战败。"

民族主义的美沙酮也许制造了这样的幻觉：我们只有一个欧罗巴，我爱我的欧罗巴，也爱我的欧罗巴敌人，但先决条件是他一定要成为战败的一方；我爱我的欧罗巴，我更爱我的国家，先决条件是他一定要成为战胜的一方——如果他战败，我不得不以对他者的仇恨替代对国家的爱。

彼得大帝巨型横幅的象征

俄罗斯也被西班牙淘汰出局了，由心理学作家转业为足球杂志总编辑的卡曼琴科（Peter Kamenchenko）大概也像帕慕克那么沮丧，可他不讳言俄罗斯式民族主义之火在荷兰的“神奇教练”希丁克（Guus Hiddink）领导下愈烧愈旺——以彼得大帝（Peter the First）头像为主体的巨型横幅大举杀入欧陆每一个赛场，难道还没有足够的象征意义吗？卡曼琴科说得好：这样的民族主义很昂贵，一幅 40 米宽的横幅造价高达 2 万美元。

欧洲足球的老好日子一去不返了，垂垂老矣的艾柯（Umberto Eco）还记得他 13 岁那一年跟随父亲去看意大利甲组足球赛的情景，所以他在写于 30 年前的“世界杯及其壮丽”（The World Cup and Its Pomps）一文中说，足球长久以来“一直连结着目的之缺席以及一切事物的浮华”，是“体育的奇观”。

这篇文章其后触发了特里福纳斯（Peter Pericles Trifonas）的灵感，写成了《艾柯与足球》（*Umberto Eco and Footfall*）这本书，当中说到艾柯将足球阅读成“文化的神经官能症”（a neurosis of culture），“那是人类精神已然消失的一些什么，既没有合理解释，也找不到有效的治疗”，“只有在假日无止境地忍受着精雅的戏剧冲突的折磨。那就是足球迷的愉悦与诅咒。讽刺的是，这些惩罚都是自作自受的。”

这“足球壮丽说”倒是已故的鲍德里亚（Jean Baudrillard）不敢苟同的。没有任何论据足以证明鲍德里亚是足球迷，可他在《魔鬼的透明》（*The Transparency of Evil*）一书中说：体育本身已跟体育无涉，取而代之的是商业、性和政治；他还暗示电视转播足球赛是一种“恐怖的超真实主义”（terroristic hyperrealism），真实赛事只可以在真空里上演，没有真正的目击者，却在无数的屏幕上广播。这就是他在

《完美的犯罪》（*The Perfect Crime*）中所说的科技令人类跟处身的环境疏远，最终导致人类的自我放逐。

没有幽灵就没有现实

足球只能令鲍德里亚联想到恐怖主义，他在《魔鬼的透明》的另一章“恐怖主义之镜”（The Mirror of Terrorism）就以1985年欧洲冠军杯决赛尤文图斯（Juventus）对利物浦（Liverpool）一役为例，认为那场足球暴乱导致39人死亡正是撒切尔夫人（Margaret Thatcher）的“国家恐怖主义”的具体呈现。

艾柯的“足球壮丽说”写于1978年世界杯之后，而鲍德里亚的“足球恐怖主义说”则写于1985年，还不到十年。两位欧洲作家笔下的足球何以南辕北辙？是两人对足球的态度有别？是电视广播技术以“超真实”的现场感取代了真实的足球处境？是冷战时代的末期不可避免的“国家恐怖主义”？还是齐泽克在后战争时代所论说的“意识形态的幽灵”（The Spectre of Ideology）在作祟——

“没有幽灵就没有现实，现实的圆周只有通过不可思议的幽灵的补充才能够形成整体……现实永远不是现实本身，它只能通过其不完全失败的象征才可以自我展示，幽灵就在这永远将现实与真实分离的空隙里出现，正因如此，现实具有（象征）虚构的特性：幽灵为逃避（象征性构成的）现实的东西而赋予了实体……”

齐泽克好像没有论说过足球，这一段完稿于1990年代末的文章仿佛就是为欧洲国家杯而写的，大概可以为两位前辈的论说略作补充。

书目：

《梦的解析》（*The Interpretation of Dreams*），弗洛伊德（Sigmund Freud）

《黑书》（*The Black Book*），帕慕克（Orhan Pamuk）

《艾柯与足球》（*Umberto Eco and Football*），特里福纳斯（Peter Pericles Trifonas）

《魔鬼的透明》（*The Transparency of Evil*），鲍德里亚（Jean Baudrillard）

《完美的犯罪》（*The Perfect Crime*），鲍德里亚（Jean Baudrillard）

9　建筑之“负”与建筑之“恶”

——解读隈研吾

隈研吾在中国很红，2008年4月在北京798艺术区举行的“Build built建筑中的建筑——隈研吾2008中国展”令他成为媒体的宠儿，他在中国的建筑项目包括长城脚下的公社（竹屋）、三里屯SOHO的商业区域，成都津都水城的市政工程……一下子之间，“负建筑”、“弱建筑”、“反物质”都变成流行术语。

他在《负建筑·自序》谈到阪神淡路大地震、奥姆真理教恐怖活动，以及“9·11”事件，认定这一系列事件反映了一个事实：建筑作为人类最宏大的劳动产品一再展现了脆弱的本质；从而思考一连串问题：“如何才能放弃建造所谓‘牢固’建筑物的动机？”正是由于天灾（地震）和人祸（恐怖袭击），隈研吾一直怀疑“强建筑”能否真的保护居民，从而思考“弱建筑”的可能性——看似柔弱的建筑，往往比强建筑更经得起冲击，更重要的是，让失去安全感的居民感觉到传统建筑的温馨与柔性的美。他认为，弱建筑之精义在于“平衡”，原理就像脚踏车，只要持续地踩，便能保持平衡，不会倾倒。

隈研吾认为加诸“建筑”之上的东西太多了，《负建筑》的“负”字既表示“胜负”的“负”(defeated)，也隐含另一层意思：“正极”和“负极”的“负”(negative)。他的建筑理论全是以人与自然为本，人是主角、建筑是配角——这正好跟当下中国建筑的大趋势（建筑成了主角，人却沦为配角）背驰。在建筑中重新发现人与自然的和谐共存，重新发现人性，透过建筑展现人文关怀，这大概就是他在中国走红的主要原因。

“场所”与“比喻”

隈研吾的建筑理念带有东方文化气息，跟另一位在中国走红的建筑师库哈斯（Rem Koolhaas）所提倡的“通属城市”（Generic City）似乎各走极端，大异其趣。Generic 既指同类的、一般的，也指生物的同类或同属，没有注册商标，只是满足于地缘政治和经济现实所需，让建筑物在意外、失控、碰撞、杂交中趋向一致，至于识别性，对不起，欠奉了。

隈研吾甚至比贝聿铭更东方。在《贝聿铭谈贝聿铭》（*Conversations With I.M.Pei*）一书中，贝聿铭承认他的建筑理念源自几何学，也认同了建筑与音乐（主要是西方古典音乐）的关系（这一点，可参阅宗白华先生的“中国古代的音乐寓言与音乐思想”），他比较国际化，较多地考虑建筑物所在地的文化和历史，几乎不考虑自己的中国文化背景。

解读隈研吾，首先要掌握两个关键词：其一是“场所”，其二是“比喻”（记号、象征、借来之物，俱为同义词）。隈研吾以罗兰·巴特的《符号帝国》（*Empire of Signs*）为例，强调日本文化中象征的重要性，同时也发现西方文化与日本文化中的象征作用之间，既有细微差别，也有共通之处——爱奥尼亚式（Ionic）柱子跟茶室插花所代表的象征意义，在本质上是一致的。

隈研吾对记号的差异化有此分析：认清记号流动性的意义作用，有助于分析日本社会的构造——建筑就是将不同意义的“场所”重新组合，继而形成“文化场所”（比如茶道的世界），只有文化才可以令“场所”产生意义。日本哲学家中村雄二郎提出 toposu 这个概念，指的是“隐含在文化中的宇宙观，对于那些幻想家来说，其实是一种存在的构造”。隈研吾借用了此一概念，就日本文化的“借用性质”，有此说法：“野外角落里生长的一朵寻常小花如果被置于某特定的‘场所’，就开始具有不同的意义。办茶会的主人大清早起来，到野外去采摘来这样那样的小花。这些小花是因此才有了意义，而不是其本身就具有什么特殊的意义。”

这番话不难理解，比如说一本书，放在不同“场所”便衍生不同的意义，放在书展和商店，书是商品，放在不同品位的书房，可能是知识和学问，也可能是炫耀品或装饰品——重要的是，书这件物品从某个“场所”被搬到现在所处的“场所”，代表着不同的象征意义，也就是说，意义是随着所处“场所”而不断变动的，而不是固定的。

隈研吾从而指出，决定事物象征意义的是前后两个“场所”之间的关系：“如果不能从一个‘场所’搬运到另一个‘场所’，即如果不是‘借来之物’的话，就不具有任何象征意义了。这就是日式象征作用的原则。”日本文化就是“借来的”或“拿来的”文化，有些取自唐朝，有些搬自现代欧洲或美国，这就是日本文化的“借用论”和“引用性”。日本文化的重点就在于“比喻”，他认为“比喻”这种思维方法，正是日本民族的活性之源，形成了文学、美术等艺术构造，成为造型和美学的基础。

“反物体”：向 20 世纪的现代化说“不”

掌握了“场所”、“借用”、“引用”、“比喻”的思维方法，《负建筑》和《十宅论》就变得简易而富于趣味。隈研吾的“负建筑”理论很简洁：建筑应该适应不同的土地环境。明乎此，方可理解他提出建筑的“负思维”，是基于建筑的“恶”：“建筑物这个东西或许是全社会的矛头所指。当人们谈及公共事业、大兴土木的时候，往往把建筑物视作‘恶’的代名词。为什么建筑物会被人们如此地厌恶呢？”

隈研吾所有建筑都贯串了一个基本概念，那就是“反物体”(anti-object)：“我认为好的建筑应该和自然连续地融为一体，所以我主张尽量利用当地的地形，采用当地的自然材料。”“反物体”首先从“反混凝土”开始，他认为，在材料质感上，“混凝土盒子这样封闭的形式让我的身体感到难受。困在这样的盒子里，呼吸不畅、身体拘束，就连体温好像也被吸走了似的，这种感觉是从哪里来的，我自己也说不清楚。”他又指出：要是从建筑作为社会批判这个角度来看，混凝土真正就是一种隔绝了批评、封锁了声音的物质，使人懈怠、麻木而顺从，也使建筑变得毫无个性。纵观 20 世纪，水泥是最国际化的建筑材料，到了 21 世纪，建筑反而强调当地的自然材料，因为在自然环境中居住变得日趋重要——“反物体”就是向 20 世纪的现代化过程说“不”，那才可以安心地回归自然。

隈研吾的“负建筑”、“弱建筑”和“反物体”理论，与 20 世纪的艺术潮流其实颇有渊源，比如杜尚的《喷泉》(*Fountain*)、马列维奇（Kasimir Malevich）的《黑色正方形》（*Black Square*）等视觉艺术作品，都采用了非传统的概念和技法。杜尚以立体主义为手法创造出《下楼梯的裸女 II》（*Nude Descending a Staircase II*）等画作，就是以“反物体”（anti-object）为创作主题。杜尚也曾将油彩混合于铁线，尝试将梳子、铲子、单车车轮、线球等平平无奇的物质用于作品，创造出“现成物艺术”（ready -made art）。这种反建制精神是现代主义艺术的必不可少的条件。

艺术家时刻都在“媚俗与反媚俗”（kitsch and anti-kitsch）之间寻索创意的出路，隈研吾的建筑理念一方面是东方的，追求简朴和自然，带有道家和禅宗的趣味，另一方面却以传统美学的基础反叛现代主义的传统，这就很接近20世纪60年代崛起的一个艺术流派——“极简主义”（minimalism），或“极简艺术”（minimal art），跟当今流行的“简约主义”有相通之处，就是以原初的物为表现方式，力图消解作品对观赏者意识的压迫感，让观赏者参与创造——这就是建筑的精神所在。

建筑之“恶”的根源

他指出建筑物有许多负面因素：其一是体积庞大，愈大愈招摇，愈大愈碍眼；其二是物质的消耗，体积愈大，消耗物质愈多，而地球资源却日趋枯竭；其三是建筑物的不可逆改性，一旦完成，寿命比人长得多，它坚固的外表仿佛在嘲笑人类短暂而脆弱的生命。

或者可以从经济的角度看建筑，从中理解建筑之“恶”的根源。

20 世纪是“建筑的世纪”，两次世界大战后，到处都是废墟重建，建筑受到两种政策鼓励：其一是美国式住屋抵押贷款政策，亦即长期（10 年、20 年、30 年）供楼政策；其二是凯恩斯（John Maynard Keynes）提倡的政府财政行为，即欧洲各国政府积极建造的公共集体房屋。两种政策都在中国香港先后实施，结果证明住屋抵押贷款政策比较有活力，成为重要产业，而公共房屋政策则有助于社会稳定，促进经济发展。

隈研吾指出，私人住宅这个东西是来自美国，那是为了配合整体经济发展，其实购买房子是梦想，建设者却只是提供固定样式，那是一个很残酷的现实，很不平等。他对私人住宅的批判，是因为它不够人性，不够亲和。

其实，更大的灾难在于贪婪的市场，本来由联邦房屋管理局（FHA）监管的房屋，经由房利美（Fannie Mae）与房贷美（Freddic Mac）包装成次按产品，终于泡沫爆破，迄今仍是困扰着全球经济的一大危机。

私人住宅的按揭和公共房屋这两种政策，都在世界各地先后实施，而且就某种程度而言，是经济得以高速发展的重要支柱。以中国香港为例，尽管数十年来经历了多次高峰与低谷，然而此刻回望，总体结果证明了住屋抵押贷款政策比较具有促进经济发展的活力，成为中国香港最重要的产业之一，而公共房屋政策则有助于社会稳定，从而为经济发展打造一个非常重要的基础。然而，房屋之成为中国香港的主要产业，在稳定发展的过程中，其实也处处暗藏危机。

隈研吾对两种房屋政策有此看法：“由于房屋易得，租金低廉，所以很难唤起欧洲人积极投身工作的热情。要想真正提高他们的劳动积极性并促进消费，就必须采取其他措施，如实行强制性产休制度等。”“美国的住屋政策取得了巨大的成功。人们为了偿还住房贷款，开始像奴隶般辛劳工作，不仅如此，背负住房贷款的人在政治上也明显地表露出保守倾向，这在一定程度上维护了政治的稳定。”

隈研吾撰写《负建筑》的时候，美国不是没有次按危机，只是房价正处于上升轨道，为住房做次按，让“房屋的奴隶”有钱可花，无疑有助于刺激消费，而且次按被包装成高息、高评级、低风险的债务抵押证券，继而售予全球的金融机构——这就是宋鸿兵的《货币战争》的核心理念：谁掌握了货币发行权，谁就掌握了世界；这个逻辑也可应用于目下的“次按风暴”，债务抵押证券令全球金融机构损手烂脚，倒是隈研吾所始料不及的。

书目：

《负建筑》，隈研吾

《贝聿铭谈贝聿铭》（*Conversations With I.M.Pei*），贝聿铭

“中国古代的音乐寓言与音乐思想”，见《美学散步》，宗白华

《符号帝国》（*Empire of Signs*），罗兰·巴特

《货币战争》，宋鸿兵

10　一件T恤就是一种态度

一件T恤当然不仅仅是一件便服，它基本上是一种态度，你选择了某款T恤，意味着你自觉或不自觉地选择了某种态度；它是一句随身流动的标语，一种街头文化，本质就是解放的想象或反叛的精神，所以这世界总有这样那样的“T恤政治”或“T恤风波”。这一回，它的字样（谐音）被指控牵涉黑社会，警方高调拉人，售卖T恤的商店负责人（兼设计者）公开道歉（其实道歉早已不是一种文化，而是一种公关手段），一场恰若齐泽克（Slavoj Zizek）所论说的“想象的战争”本来昭然若揭，可不到一回合便似乎要草草收场了。

想象的战争

所谓“想象的战争”往往指涉种族矛盾，纳粹标志和徽号往往被视为禁忌，可是T恤或时装品牌的创作人总是自觉或不自觉地闯进禁区，例子数不胜数：一家名为Izzue的时装店曾生产一系打印有纳粹标志的T恤，其中一款印有希特勒的肖像，时装店的天花板还挂着印有白色纳粹党徽的红色横额，并播放纳粹党的宣传片；西班牙时装品牌Zara也曾推出印上纳粹党“卍”字图案的手袋，闹出不大不小的新闻。这些犯禁的产品不用说都惹来抗议，结果都要公开道歉及收回产品，才平息了风波。

马克·迪臣（Mark E. Dixon）在《T恤的历史——从内衣到外衣》（*A T-Shirt History: From Underwear to Outerwear*）告诉我们：T恤由功能性的内衣变成文化性的外衣，历史不到一百年；最早在银幕上穿T恤的，正是形象反叛的詹姆斯·迪恩（James Dean）和马龙·白兰度（Marlon Brando）。此书的要旨大概可以用马克·迪臣的一句话概括：“一件T恤就是一种态度”。它表面看来是穿衣者的第二层皮肤，借图式和标语以喊出压抑已久的叛逆情绪，故此它总是暗藏一个隐喻化的对立面（或敌人）；要是内化了，就是齐泽克在《缺席败诉的自我》（*Superego by Default*）中所说的“民族身体”，诸如纳粹德国屠杀犹太人，塞尔维亚人赶尽杀绝穆斯林，终于会演变成“幻想的战争”，没完没了。

“辱华”T恤

中日战争早过去了，但一场“幻想的战争”持续拉锯——还记得女星赵薇穿“日本军旗服”拍照事件吗？那是一场轩然巨波，一帧“伤害民族感情”的照片令赵薇在长沙遭泼粪，更接到炸弹死亡恐吓。这还只是“内部矛盾”，T恤曾引起更严重的外交风波：布莱梅一家名叫KULT的服饰店橱窗展示一件白色T恤，背面印有F_U_C_K You China字样，还印了象征中国人的小丑。这批“辱华”T恤，构成了中国与德国、瑞士的外交风波。德国时装设计师皮连（Philipp Plein）解释，F_U_C_K只是缩写，原文为The Fascinating & Urban Collection：Kiss You China，意即“迷人的城市时装系列：亲吻你，中国”。请老实点回答：作为中国人，你能够接受这份压缩的创意吗？

美国服饰零售商Aber-crombie & Fitch也曾惹起类似风波。该公司推出一款以亚洲人为主题的T恤，印有一幅漫画：一个斜眼、戴上圆锥形帽子的亚洲人，旁边印着标语：“黄氏兄弟洗衣店：两个黄能把它漂白”（Wong Brothers Laundry Service：Two Wongs Can Make It White）和“镬与碗——中国食物与保龄球”（Wok-N-Bowl- Chinese Food and Bowling）。中国人大概不是很有幽默感，也未必欣赏这种玩世不恭的创意，可最后还是不了了之。

误闯“道德禁区”

T恤标语也不一定涉及种族或宗教问题，也可能误闯“道德禁区”。话说服装连锁店F.C.K旗下品牌K2的T恤，正面印有“I hate myself and I want to die”（我讨厌自己，我想死）的标语，便被“有识之士”指为鼓吹自杀，可没有像黑社会字样T恤那样被警方拉人；那句标语出自乐队Nirvana的歌手Kurt Cobain所主唱的一首歌——他27岁时自杀身亡。那首歌曲没有被禁，杜琪峰执导的电影《黑社会》也没有被禁，T恤的命运总是比其他创作形式要悲惨一些。

要是“黑社会T恤”加上“你月入若干”这句话又如何？也许，违法的事还是少惹为妙，你即使真的月入14000元，也只能答：“比13.99 K多一点点”，或“差一点点才够14.01 K”。我在徙置区长大，深知三合会的恶行，问题是：有关三合会的法例是何时订立的？会不会已经过时？有没有因应不同的年代检讨修订？如果只是“一本通书”，会不会也是一场“幻想的战争”？

美国也不见得对T恤标语很宽容——尽管早在20世纪60年代已出现了“要做爱，不要战争”（Make Love，No War）这样的经典标语。密苏里一所中学的一名女生因穿了一件“同志T恤”，被校方勒令退学，幸获十位同学声援，她们穿上支持同性恋的T恤上课，T恤印有“我们有权做我们想做的人”（We All Have the Right to Be Who We Want to Be）、“我支持同志婚姻”（I support gay marriage）、“我是同志，我很自豪”（I’m gay and I’m proud）等标语，颇有创意；但校方只给这些学生两个选择，一是回家，一是脱掉T恤。学生都回家去了。

T恤政治show

也许，所有“幻想的战争”的悖论，大概一如齐泽克所论：越是被残酷地歼灭，幸存者覆盖的维度越是恐怖。种族（或族群）矛盾要穿越恐怖的幻想，战争才会真正结束，否则，我们的“民族身体”一方面受到威胁，另一方面又衍生为一种威胁他者的恐怖力量。

T恤标语经典的案例，大概是时装设计师哈姆尼特（Katharine Hamnett）在1983年至1984年秋冬季发起的一场“58%的人拒绝潘兴”的T恤运动。潘兴（John Pershing）是第一次世界大战的美国将领，其后“潘兴”泛指导弹、坦克等武器，“拒绝潘兴”就是反战运动。哈姆尼特获得当时的首相撒切尔夫人（Margaret Thatcher）的接见，也照样穿上这款T恤。这倒是一场各取所需的T恤政治show。

鲍德里亚（Jean Baudrillard）早就说过：“物”要成为消费对象，必须成为“符号”，因为“物”不再因为它的物质性而被消费，而是因为它与别的“物”的差异性关系（即“符号”的象征意义）而被消费——T恤（和时装）也许就是显例，城市人都有满抽屉的T恤，可是没有多少人洞悉T恤（作为符号）的消费心理学：一种面对世界的态度，不管是闹着玩的，抑或只是一场再找不到任何敌人的“幻想的战争”。

书目：

《T 恤的历史——从内衣到外衣》（*A T-Shirt History: From Underwear to Outerwear*），马克 · 迪臣（Mark E. Dixon）

11 蝙蝠侠：疯狂的保守主义者

《蝙蝠侠》第一次来港，已经是40多年前的事了，说得准确些，这位“超级英雄”是被“拐带”来港的——我说的当然不是其时尚未诞生的电影版本，而是漫画版本；如果记忆无误，绘图人应是东方庸（据说是老牌漫画家伍寄萍的胞弟）。那时我只是小学生，根本不知道有美国原装正版，当然也不知道那是“老翻”（这“翻”，就当是“翻译”的“翻”吧），只知道蝙蝠侠是忠的，他的对手是奸的；他最主要的对手可不是小丑，而是蜘蛛侠，如今想来，东方庸将两侠“炒埋一碟”，倒也“炒”得甚有创意，尽管最终证明，如此创意有过度之嫌。

那时我念小学，爱看两种“公仔书”。

一种是64开本、厚约100页的老派连环图（光顾理发店，可免费看十本八本；或到租赁摊档，花一毫子抽签，少则抽得4本，多则抽得10本），大多改编自《西游记》、《水浒传》、《三国演义》、《七侠五义》、《济公传》、《包公奇案》、《封神榜》等古典小说，都是古装的，谈不上创意。

另一种是32或64开本、只有十多二十页的新派创作漫画，包括《神笔》、《神犬》、《财叔》、《乌龙王》、《十兄弟》、《蝙蝠侠》，等等，大都拍过电影，成为经典。记忆中的《蝙蝠侠》起初很好看，可是后来情节渐趋荒诞，更日趋乏味，最后连“上帝”也参与连场大战，比蝙蝠侠更无敌，便不再看下去了。

普遍性的三个层次

谈到这些漫画旧事，不是为了怀旧，只是觉得有助于厘清“文化霸权”的单向思维。《蝙蝠侠》40多年前之所以被“拐带”来港，纯粹是个别漫画家的生计考虑，基本上跟意识形态并无直接关系，大概有别于当时大量主动外销的美国文化——诸如美国新闻处出版的《今日世界》（及一系列美国文学及文化书籍的中译本）、好莱坞电影、“猫王”普莱斯利（Elvis Presley）的流行曲、可口可乐……当然还有熙熙攘攘的所谓“绿背文化”。

这些不同光谱的美国文化，约略可折射出齐泽克论述的“普遍性的三个层次”：全球化的“真实”普遍性（任何人的命运都不免卷进了全球化市场复杂的网络）、虚构的普遍性（它规定了所谓“意识形态霸权”的运作），以及理想的普遍性（它体现了一种对文化平等革命的普遍需求）。

“普遍性的三个层次”源自拉康的精神分析学说，是法国政治学者巴里巴尔的高论，齐泽克将之引申到“文化霸权”与“文化多元主义”的讨论，他认为普遍资本形式与民族的关系，不一定是强制的压迫，也可能是某种“自我殖民化”（auto-colonization），并以一句警语加以高度概括：“从长远来看，我们不仅穿Banana Republic的衬衫，而且会生活在Banana Republic之中。”这句话大概可改换成“我们不仅看《超人》、《蝙蝠侠》、《蜘蛛侠》的漫画和电影，而且会生活在这些美国流行文化的语境之中”。

“有时我的世界走向疯狂”

蝙蝠侠是富商布鲁斯·韦恩（Bruce Wayne）的变身，他童年时目击父母被谋杀；超人是一名四眼记者的变身，他由养父母抚养成人；蜘蛛侠由叔婶养大，少年时常被同学欺负，参观自然博物馆时被一只基因改造过的蜘蛛咬伤……这些美国漫画的“超级英雄”大概都有这样或那样的童年阴影，都“诞生”于战争时期（从“二战”到冷战），因而都处身于战火以外（而不是和平），精神上却长期处于战时状态。

蝙蝠侠似乎有更多的精神阴暗面，他对世界带有悲观情绪，“有时我的世界走向疯狂”是他常说的一句话，更有论者分析他是同性恋者，他的主要对手是跟他一样濒临疯狂的小丑。还有一个对手叫Man-Bat，此人本是一个名叫兰斯特劳姆（Dr. Kirk Langstrom）的科学家，专门研究蝙蝠，研制一种装备以修复自己的听力，这装备却让他变成人形蝙蝠——蝙蝠侠既要控制他，又不想伤害他；Batman对撼Man-Bat，仿佛就是自我分裂的一人战争。

超级英雄隐含的政治

法国心理学家列殊（Wilhelm Reich）曾指出，超人的紧身衣可不是力量的象征，而是包裹着自己的无能与弱点的保护罩。那么，蝙蝠侠的紧身衣何尝不是保护罩？这样说来，这些有着种种人性弱点和恐惧的“超级英雄”，其实寄托了平常人的梦想，一如神话里的诸神。

美国政治专栏作家约翰·霍德（John Hood）也是漫画迷，他写过一篇有趣的文章，题为“超级英雄漫画隐含的政治”（The Implicit Politics of Superhero Comic Books）。据该文分析，要是去投票，超人会选温和的共和党人，变形侠医（The Hulk）会选自由主义者，神奇女侠（Wonder Woman）会选社会主义者，蜘蛛侠会选民主党人，至于蝙蝠侠，则会选无党派的独立人士。

更有趣的是，约翰·霍德推论蝙蝠侠的消闲读物必然是《福布斯》（*Forbes*）、《国家评论》（*National Review*）和罗素·科克（Russell Kirk）的著作，那就是说，约翰·霍德认定蝙蝠侠是保守主义的信徒。罗素·科克是美国著名的保守主义思想家，他曾为真正的保守主义者开列以下的条件：必须坚信先验道德秩序，相信社会的连续性，坚持精英主义，信守一个至关重要的原则——除了上帝和“法律面前，人人平等”，什么都是不平等的。

按照约翰·霍德的分析，老派的保守主义就是蝙蝠侠面对世界的基本理念，他对政府和建制有略嫌夸张的怀疑，但最终还是相信法律；他反对死刑，这是为什么他放过小丑无数次，一直没有把他送上电椅；他总是遵循自己的道德罗盘，仿佛永不出错；他要是在选举中投票，可不理会候选人属何党何派，只着眼于候选人如何履行其政纲。

12 蝙蝠侠的超级敌人

美国电影《蝙蝠侠》来港拍摄，掀起热潮，成为城市话题。银幕上的蝙蝠侠是一个风华正茂的超级英雄，但翻查历史，他其实是一个老头——他诞生于1939年5月1日，他就在那一天出现于一本叫做《侦探漫画》（*Detective Comics*）的月刊上，他的故事只占两页篇幅，但由于身世可怜，造型独特，很快便引了漫画迷的关注。

当时《超人》（*Superman*）面世约一年，很受欢迎，漫画创作人鲍伯·凯恩（Bob Kane）便绞尽脑汁，构思和设计蝙蝠侠的故事和造型——糅合了吸血鬼的披风、蒙面侠的面具、达·芬奇的蝙蝠滑翔翼，画稿给他任职编剧的好友芬格（Bill Finger）看了，芬格提出了一些专业建议，从而奠定了一位超级英雄的形象。

蝙蝠侠起初并没有超能力——话说一个月黑风高的晚上，高谭市（Gotham City）富商托马斯·韦恩（Thomas Wayne）和太太玛莎（Martha）、儿子布鲁斯（Bruce）看完电影回家，在一条小巷里遇劫，布鲁斯目击父母被劫匪枪杀，案发现场其后被称为“犯罪巷”（Crime Alley）。布鲁斯继承父亲的遗产，到世界各地学习武术和侦探技术，他相信只要不屈服、不妥协，不忘目睹父母被谋杀，就可以激发他的全部潜力。

美国人打击邪恶的“秘密武器”

看蝙蝠侠漫画和电影，不仅仅是官能刺激，还可以从它的创作背景了解历史。蝙蝠侠跟超人、神奇女侠（Wonder Woman）、美国队长（Captain America）、蜘蛛侠（Spider-Man）等超级英雄有一个共通点，他们都是20世纪30年代末至50年代初的“产物”，当时是战争时期，由第二次世界大战到资本主义（以美国为首）与社会主义（以苏联为首）两大阵营的冷战，美国人心目中总有一个邪恶的强敌，起初是纳粹德国的希特勒，其后变成一只北极熊（即苏联）；这些由平民化身的超级英雄，正是美国人精神上打击邪恶的“秘密武器”。

这些漫画超级英雄近年东山再起，是由于美国再次遇到超级敌人——《蝙蝠侠》的最新创作人米勒（Frank Miller）便曾宣称：蝙蝠侠的敌人不再是小丑或谜妖，而是发动“9 · 11”袭击的拉登（Osama bin Laden）。在《蝙蝠侠反恐圣战》（*Holy Terror，Batman！*）中，受到恐怖袭击的是蝙蝠侠的家乡高谭市（Gotham City），蝙蝠侠再度出击，和阿盖达分子激战连场。米勒解释，以往漫画家都透过超级英雄宣扬爱国思想：“超人和美国队长都曾痛打希特勒，这是他们的天职。”

看蝙蝠侠漫画和电影，也可以学一些科学常识，美国有不少专门研究漫画的科普读物，包括温伯格（Robert Weinberg）与格莱士（Lois H. Gresh）合著的《超级英雄的科学》（*The Science of Superheroes*）、卡卡里奥斯（James Kakalios）的《超级英雄的物理学》（*The Physics of Superheroes*）等，这些科普读物分析漫画的武器和技术是否可信，都很有趣味。温伯格认为蝙蝠侠一直以来是最可信的超级英雄，他又指出：许多邪恶角色在破坏整个世界之前，他们的身份往往是科学家，因为“科学走向疯狂是人类最大的恐惧”。

13　英超：繁花满眼的烂摊子

英格兰国家队在一连几届世界杯足球赛的表现，早已伤透了球迷们的心，在一些有识之士眼中，英超是一个繁花满眼的烂摊子，1966年世界杯冠军只是一剂怀旧的鸦片，英格兰濒临“无可用之兵”的空前危机，谁都没法将时钟倒拨40多年……

对于英国足球的困境，中国球迷大概感同身受——中英两支足球队总是在最关键时刻输掉不可能输的比赛，而且往往输得不明不白，早已伤透了球迷们的心。分别在于：中国足球“冲出亚洲”的口号喊了差不多30年，如今只是亚洲二三流球队；英国毕竟拥有一座世界杯，以及历史悠久的足球文化（尽管正在急促退化），好像犹有怀旧的本钱。

英国足球的虚荣、贪婪与变质

英国出版了大量足球专著，作者大多是充满怀旧情结的资深球迷，很奇怪，他们十居其九是阿森纳拥趸；唯一的例外是鲍华（Tom Bower），此君不是球迷（可他的儿子却是足球狂热分子），他最近在《卫报》撰文，直指从没有任何一个国家像英国那样，默许本国的体育桂冠（即足球运动）沦为未经背景审查的外国大亨的玩物——这其实也是他的《碎梦：英国足球的虚荣、贪婪与变质》（*Broken Dreams: Vanity, Greed and the Souring of British Football*）中一个重要论点。

鲍华的专业是调查新闻，《碎梦》以局外人的角度调查英国足球产业花费的巨额冤枉钱，偏偏换来日趋恶化的质变，他认为罪魁祸首是不懂足球的外国大亨，他们操控了主要的职业球会，引进大批身价惊人的外国球星，致令本土球员长期坐冷板凳，国家队成员只是球会的后备球员，长此下去，英格兰便无球员可用了；他还发现足球经纪开天杀价，很多巨额转会费都非常可疑，甚或有虚假交易及贿赂之嫌，正是这些“外国人”把英国足球搞垮了。

他更直指收费频道 Sky TV 是搞垮英国足球的同谋者，英国足球的财政状况在该台取得英超转播权之后迅速而彻底地变质，他认为收费频道剥夺了草根球迷看球赛的权利，对订购收费足球频道的人（当然包括我们这些香港球迷）颇有怨言：付款订购情同向涉赌集团提供资金。

英格兰球员成了“濒危动物”

鲍华也许由于不懂足球及其乐趣而骂得稍嫌过火了，但他的调查及论点却有如当头棒喝，道破了英超繁华大梦所隐藏的假象与危机，至少《足球是圆的》(*The Ball Is Round: A Global History of Football*)的作者高伯德（David Goldblatt）认同他的观点，并且曾在《独立报》撰写《碎梦》的书评，题为“美丽的球赛丑陋的一面”(*The Ugly Side of the Beautiful Game*)，他从利兹联濒临破产，球迷大唱“金钱哪里去了”说起，指出鲍华所言非虚——金钱部分存放在外国球星的银行账户，部分却一捆捆地不知所终；他也承认自己作为收费频道的订购者，无疑也协助启动了此一巨大的“排洪闸”。

根据德勤会计公司（Deloitte & Touche）的足球金融年报，英超20家球会上季的总收入为14亿英镑，在2007年至2008年度球季，预计增加至18亿英镑。英超球员的平均年薪为100万英镑，超级球星年薪达2000万英镑。可以想象，英超是一个特大金矿，自有其一套有人看不透，也有人刻意不看透的“金钱游戏”。

《独立报》的足球专栏作家华莱士（Sam Wallace）较早时撰文称，英格兰足球球员已经成了“濒危动物”，必须采取措施加以保护。他指出，一个国家可以进口所需要的全部马铃薯、家用电器或汽车，那绝非“耻辱”；但大量进口足球球员却是另一回事——因为足球必须注入爱国精神、自给自足的自豪感，以及欢呼雀跃的原始激情。

其实，英格兰最引以为傲的是中场三杰——贝克汉姆、兰帕德

(Frank Lampard）和杰拉德（Steven Gerrard），倘不在此时善用，恐后继无人了，也不大可能同时培育出三个接班人；最堪忧虑的倒是守门员。

足球的意义：soon as old

高伯德的《足球是圆的》是一本900多页的“巨著”，那是一本从社会学、经济学观点出发的足球史，从足球的本质就是敌对到战前法国借足球反法西斯，从一场球赛对生产力的影响到足球对国民的凝聚力，从足球掀动的惊人消费力到足球隐含的反智本质……真是包罗万象，他的基本观点是“足球不是领导社会，只是反映社会”，认为如果“没有收纳足球史，世界上所有的历史都是不完整的”。

温纳（David Winner）的《那些脚——英国足球秘史》（*Those Feet: An Intimate History of English Football*）说，足球在英国的本源，其实与禁欲相涉。19世纪末，英国公学的神职人员提倡足球运动，是要让血气方刚的少年学童发泄过剩的精力，以使他们打消手淫的念头。那些神职人员当然不能预见足球在今天已发展成比手淫要庞大得多的欲望：战胜的欲望、名利的欲望以及永不厌足的贪婪的欲望。

温纳的足球哲学在于一种奇特的时间性：对资深的英国球迷来说，只有过去式的“当下”才是最珍贵的，足球的意义在于soon as old，球赛永远漂浮于怀旧、感伤、传统和神话的汪洋——此所以今天人们称里奥·费迪南（Rio Ferdinand）为“新鲍比·摩尔”（the new Bobby Moore），称曼联的天才球星为“新乔治·贝斯特”（the new George

Best)，爱展望未来的英国人都移民到新世界（美国、澳洲）去了。

“光头作家”尼克·霍恩比（Nick Hornby）是阿森纳的“超级粉丝”，他的足球回忆录《极度狂热》（*Fever Pitch*）写得幽默、浪漫而深情：“我爱上足球，正如我随后爱上女人：突如其来，无法解释，难以言喻，想都没想到它会带给我痛苦和崩溃……”他更不可能想象，当年在看心理医生之际所撰写的编年散文，会在 2005 年拍成好莱坞电影《爱情甜蜜袜》，当然更不可能想象阿森纳这支足球队会变身为波士顿红袜（棒球队）。

阿森纳夺得世界杯

《极度狂热》其实是一本“成长之书”，霍恩比在自序中说，此书“揭露了足球对我们许多人而言具有某些意义。我很清楚，我的热衷呈现出我自己的性格跟个人历史”，他的朋友“之所以特别抗拒这个想法，是因为我老是高估了足球隐喻的价值，而将之导入根本完全不相关的对话中”；那时他以为足球就是一切事物的隐喻，过了很多年他才“可以接受足球与福克兰战役（Falklands Conflict）、鲁西迪事件（Rushdie Affair）、波斯湾战争（Gulf War）、分娩、臭氧层、人头税等完全无关”。

霍恩比也是一个 soon as old 的典型英国人，他记得在 1998 年看博格坎普（Dennis Bergkamp）射入三个漂亮的进球，最庄严的一刻不在当下，而在于看到博格坎普躺在草地上，仿佛满脑子空空洞洞地回想未来的“当下”。据温纳分析，霍恩比这一回终于明白，他看到的是历史。

霍恩比最难忘的足球赛是1998年世界杯决赛法国对巴西，维埃拉（Patrick Vieira）传给佩蒂特（Emmanuel Petit）射成3：0，两人都是阿森纳球员，翌日《每日电讯报》的封面头条是“阿森纳夺得世界杯”（Arsenal Win The World Cup），他用相框裱起，永志不忘。“阿森纳夺得世界杯”是英式幽默吧，抢眼之余，也暗含背叛——阿森纳的主教练温格（Arsene Wenger）是法国人，当时用了很多法国球员，很多英国足球作家都欣赏温格和阿森纳，在精神上是背叛了英国，以及英国足球精神。在缅怀过去之余，也许还学会了像温格那样展望未来——今天以一班小将大放异彩的阿森纳，在三年前正是放下了“现在”，将眼光放在“未来”，这一点，倒是英格兰亟需师法的。

书目：

《碎梦：英国足球的虚荣、贪婪与变质》（*Broken Dreams: Vanity, Greed and the Souring of British Football*），鲍华（Tom Bower）

《足球是圆的》（*The Ball Is Round: A Global History of Football*），高伯德（David Goldblatt）

《那些脚——英国足球秘史》（*Those Feet: An Intimate History of English Football*），温纳（David Winner）

《极度狂热》（*Fever Pitch*），霍恩比（Nick Hornby）

14　大气电波的战争

很想知道，香港有多少人因收听民间电台的“非法广播”而涉嫌犯法？有此一问，是因为裁判官裁定《电讯条例》中的电台发牌条件违反基本法及人权法，高等法院随即颁发临时禁止令，禁止民间电台复播，而民间电台却高调“开咪”，高调“公民抗命”——在我看来，这是一场迟来的“大气电波的战争”，也是一课今时今日的公民教育，好让香港人重新认知电台广播到底是怎么一回事。

收音机是政治抗争的武器

电台广播曾经带给我们难忘的好日子。我们曾经拥有过多少台大大小小的收音机？可是一时之间却不知它们躲藏（或消失）于何处了。回想起来，收音机和它的岁月，也许就像重温伍迪·艾伦的《岁月流声》(*Radio Days*)，仿佛有很多值得缅怀的回忆，还有不少隐匿于温情里的反省和嘲讽。

但这只是电台广播的其中一个面相。一直被教育得顺从而醒目的香港人很忙碌，在不断 fast forward 的生活节奏中马不停蹄，根本没有暇余停下来想象身边的事物，可总有一天他们如梦初醒，那才惊觉收音机竟然就是政治抗争的武器。

收音机作为武器有时不免是可怕的。南方朔曾批判台湾近乎泛滥成灾的“地下电台”乱象，斥之为“电波恐怖主义”，他倡议规管：“整个电波及频道必须受到法制化与规范化，政府若不能有所作为，那就让我们看台湾还能退化到什么程度吧！”我们明白那是一个公共知识分子面对败坏的乱象无比痛心的由衷之言，地下电台的经营者——当然不包括另有商业考量的“卖药台”，也不包括伪装地下的“党台”——大概也不见得凡“管”必“反”，问题只是：该怎样“管”？“管”得合不合理？“管”到什么程度？

地下根茎组织："伟大的窜流"

那么就从一本书说起吧——《大气电波争夺战》(*Seizing the Air Waves: A Free Radio Handbook*)全面探讨民间电台的历史、运作及终极理据，提出不少发人深省的议题。此书由美国学者萨高斯基(Ron Sakolsky)与民间电台制作人邓尼法(Stephen Dunifer)合编，收录的文章多元化而不偏激，兼顾理论与实践，堪称民间电台的"圣经"。萨高斯基为此书所撰的"前言"有此说法：全世界风起云涌的"民间电台运动"犹如地下根茎组织，竞相在人人平等的大气电波里发出自由乃至自治的呼声，形成一股"伟大的窜流"(Great Stampede)，体现出不同阶层、种族的言论自由彻底解放。

萨高斯基提到布莱希特(Bertolt Brecht)在1927年倡议的"电台民主运动"(democratization of radio)——布莱希特与本雅明(Walter Benjamin)那一代人其实已意识到无线广播等新技术的革命潜能，要求知识分子掌握这些全新的生产力，好让自己"再职能化"(refunction)，并将新技术转化为社会民主和革命的工具。我因而想起布莱希特有一首《收音机颂》："你这小小的箱子／带给我逃亡的想象／此所以你的价值观从不止息／从家家户户传播到船只又从风帆传送到火车／此所以敌人们总是不停跟我谈判／在我的床边，对着我的痛苦／晚上的最后一件事，早上的第一件事／诉说他们的胜利和我的忧虑／答应我不会忽然之间沉默起来。"收音机对他来说，可不是娱乐工具，而是一种精神抗争的武器。

民间电台有很多不同的名称：free radio，pirate radio，rebel radio，community radio……但目的只有一个，就是争取为自由、民主和平等而“开咪”。自20世纪60年代以降，玻利维亚的“矿工电台”为生活在地底的采矿工人发声，“意大利自治运动”（Italian Autonomia movement）争取言论上的自治，由精神分析学家伽塔里（Felix Guattari）编排节目的“艾丽斯电台”（Radio Alice）开创不同于主流的新音乐，美国的“黑色自由电台”（Black Liberation Radio）在连串封查和拘捕之下仍坚持为黑人发言，英国的“离岸广播”为听众提供大量的另类电台选择……还有无数为妇女、同性恋者、文化人、社运人士及不同弱势社群代言的无线电广播。

这些民间电台为不同的信念而“开咪”，有些终于获得发牌了，有些完成了历史任务便消失了，有些因不同原因而变质了，有些仍为“合法化”而继续抗争下去。一千个故事其实只是一个故事：要是不甘于被单一的声音同化，不愿意放弃原则而被收编，就只好在大气电波里发动一场接一场的“意识形态战争”。

“它的本质就是淫亵的”

萨高斯基告诉我们，当意大利博洛尼亚的“艾丽斯电台”被控以淫亵罪，电台的发言人竟然这样答辩：“欲望就是要发出一个声音，它的本质就是淫亵的。”也许这样的说法不怎么聪明，注定要吃眼前亏，但民间电台总是不相信眼前，不相信眼前的法理——历史很清楚地告诉他们，从前很多被视为“不合法”的事情，后来都变成“合法”了，那是因为“法”并非铁板一块，总是随着时代而更新的。

《大气电波争夺战》的其中一章，是民间电台制作人的访谈录，受访者以第一身经验述说经之营之以及跟发牌当局周旋到底的故事，旁及对“规管”和“自治”的辩证想法。事实上，他们也不一定是“无政府主义者”，也不一定是不愿意跟当权者谈判，问题是：如何“谈”？“谈”的内容是否合理？本书编者之一邓尼法是“柏克莱自由电台”的制作人，他在访谈中便提出这样的策略：If you can’t communicate，you can’t organize，and if you can’t organize，you can’t fight back。

英国“电台玩家”尤达（Andrew Yoder）写了一本书，叫做《私家电台》（*Pirate Radio Stations：Tuning in to Underground Broadcasts in the Air and Online*），他在强调“合法”的同时指导读者以最低成本创办“私家电台”，以及如何接通广阔无边的“大气电波世界”，跟全球不同角落的“同志”交流经验。这也很好，只要接通了，就有“对话”的空间，“大气电波争夺战”不管出于何种初衷，只要接通了，便该像布莱希特诗中所言：“答应我不会忽然之间沉默起来。”

书目：

《大气电波争夺战》（*Seizing the Air Waves: A Free Radio Handbook*），萨高斯基（Ron Sakolsky）、邓尼法（Stephen Dunifer）

《私家电台》（*Pirate Radio Stations: Tuning in to Underground Broadcasts*），尤达（Andrew Yoder）

15　还我街道与骑劫公园

铜锣湾时代广场的露天广场是否可以收租？将部分空间出租给星巴克咖啡店是否违规？露天休憩空间该如何向公众开放？在露天广场举行商业展览和活动，虽然不可以收租，却可以收服务费，服务费和租金该如何界定？卖地条件规定，必须开放 3017 平方米的公共休憩空间（public open space），作为公众行人行道及静态消遣活动（passive recreation）场所，那么，商营的、有条件的“公共休憩空间”，究竟算不算真正的“公共空间”？

发言权与“公共空间私有化”

这些问题，也许不存在任何标准答案，但可以肯定的是，不同的答案都不免涉及“公共空间”的想象，以及当中一大片灰色的“群己权界”；也许，我们可以从京士柏山、礼顿山、长江中心、九龙站上盖等地产发展商涉嫌侵占“公共空间”的个案，找到局部的法理上的答案，但似是而非的答案所覆盖的“灰色地带”，何以总是向既得利益的一方倾斜？何以总是不利于广大市民对“公共空间”的想象？

“公共空间私有化”（privatization of public space）普遍存在于全球的资本主义城市，那是由于政府大多重视城市发展规划，总是自觉或不自觉地轻视（甚至漠视）公众利益。这就涉及政府的执政理念和管治能力——我想，所谓“官商勾结”只是一个简易的答案，倒不一定是事实的全部。政府及政策之所以老是向资本家倾斜，主因在于资本主义透过商品宣传广告所发出的噪音，总是盖过了民间微弱而琐碎的声音——这是发言权的问题，同时也是 public space 与 public sphere（公共领域）天造地设的交叉点。

这交叉点正好在克莱恩（Naomi Klein）的《非品牌》（*No Logo: Taking Aim at the Brand*）一书得以具体呈现——这里要说的，是这个加拿大女子所论述的“还我街道”运动（Reclaim the Streets，简称 RTS）；《非品牌》不仅仅在理论层面发起反品牌运动，“第十三章”更详述全球资本城市的种种“还我街道”运动，从而以行动结合理念，以行动突围，正是要夺回被商品广告所垄断的发言权——品牌广告宣传无孔不入，侵占了街道、市民的日常生活以及公共空间，故此 RTS 自 20 世纪 90 年代中以来便积极“占据”街道、公园、广场以至高速公路支线，让群众举行各种集会，音乐会、狂欢舞会、嘉年华……

public space 与 public sphere 的交汇点

在我看来，“还我街道”运动最积极的意义，不是仅仅向政权挑战的无政府主义，倒是要让偏听于资本家的政府，也得要听听震耳欲聋的民间之声，最复杂也是最简单的理念在于：同时“占据”public space 与 public sphere 的交汇点，从而发挥两者最大的想象力，迫使政府及其政策重新面对以至重新划界。

“还我街道”运动在英国风起云涌，遍及曼彻斯特、约克、牛津以及布莱顿，1997 年 4 月在特拉法加广场（Trafalgar Square）举行的集会是整个运动的高潮，世界各地如悉尼、赫尔辛基、特拉维夫等，都出现了自发的 RTS 组织。最具争议性的一次，大概是一位名叫柯林斯（Shane Collins）的苏格兰人就在伦敦贫民区 Brixton 的 Brockwell 公园起义，1999 年 5 月 1 日，吸引了超过 10000 人参加“大麻嘉年华会”（Clapham Common Cannabis Carnival），争取大麻合法化。

根据我自己的想象，香港发生的争取保留天星码头、皇后码头的连串运动，“骑劫”两个码头以举办集会和文化活动，也是一场非常漂亮而大志未竟的“还我街道”运动。

我忽而想起大约两年前，跟青文书屋的罗志华通电话，他说想办一份读书杂志，然后便大谈如何争取各大出版社的书籍广告，如何举办推广活动……我说就叫做《晒书》吧，也可以在出版之后到公园举办“晒书”活动。也许，只有罗志华才相信那不是戏言。如今想来，公园“晒书”何尝不是对于日渐萎缩的公共空间的美好想象？何尝不可以让我们为公园这个“公共空间”重划想象乃至实践的界线？其后真的有人在维园办“书节”了，也有人办了“带一本书到西九龙”，到公园“晒书”有什么出奇？

公园“晒书”的故事

到公园“晒书”的想象，可不是凭空臆想。我亲眼见过：有一回经过北角山边的小公园，就碰见老先生、老太太和菲籍女佣在草地上将书本摊开，大概有百多二百本吧，有中文书、英文书，也有少量日文书，阳光正好，一大片白花花的，他们真的在晒书呢。跟老先生搭讪了几句，他说喜欢就随便翻翻，也老实不客气地翻了一会儿，发觉大多是医书，也有一些音乐书、画册和小说，于是猜想老先生是个雅爱读书的医师。

我见过的另一次“晒书”，是十多年前的一个夏季，在哈佛广场，每逢周末，只要阳光普照，旧书店的老先生总是用木头车搬一大堆书到小草坡，摊满一地，远看倒像一座小小的书山，很是壮观。警察也不管他，只偶尔叫他不要让书本挡住通道。他坐在一旁抽烟斗，书本都有烟草和青草的气味。你跟他谈书，他高兴，你躺在草坡上翻书，他也高兴，你跟他买书，他当然更高兴。

“晒书”真好，我们的城市有这样那样的书展，心想，也该在大大小小的公园搞搞“晒书会”或“晒书节”——要晒晒太阳的，当然是旧书了。晒书是很古老的文化活动，东汉崔寔《四民月令》载，七月七日，“遂作曲……曝经书及衣裳”；《太平御览》载：“《晋书》曰……时七月七日，高祖方曝书。”有音乐，有阳光，让不见天日多时的经书曝晒，人与书（以及衣裳）一起享受阳光浴，可不正是古人对“公共空间”的想象吗？

那么，为什么今日香港的广场和公园要被官式规条捆绑得失去了想象力？为什么不可以像疯狂的苏格兰人柯林斯那样“骑劫”一个公园，以争取濒死的非畅销书的生存权？

书目：

《非品牌》（*No Logo: Taking Aim at the Brand*），克莱恩（Naomi Klein）

16 基建和建筑的想象

都说这是一个以基建带动经济发展的时代，一条地铁支线可以带来什么想象？也许，对大部分香港人来说，想象范围仅仅局限于楼价吧——从油塘、将军澳到调景岭，从西九龙到东涌，从马鞍山到元朗、屯门，我们的城市版图不断以高速扩张，可是，忘了在什么时候开始，除了屏风一样的楼盘及其呎价，我们对城市景观好像再没有别的想象了。

《热恋建筑》的“口述历史”

地铁港岛西支线行将上马，我们照例不会对这条三公里长的支线有任何“出位之思”。是的，从西港岛到西九龙，要是有任何人提出一个很有创意的“西城故事”，那极可能只是小剧场里低成本的小众趣味。也许有人会说：好主意；然后便问：谁来经营这盘亏损的生意？我们的城市只有高耸入云的建筑，不可能出现像北京的CCTV新总部那样的，也不可能出现一个像深圳书城那样由地铁直达的文化新社区……去今未远的从前，可不是这样的。

我想起早前读到的《热恋建筑》，那是15位本港资深建筑师的“口述历史”，李景勋、廖本怀、黄汉威、何承天等第一代本土建筑师告诉我们：我们的城市及其景观是如何凭想象力建成的——从大会堂到华富邨，从取法于唐代的“铰剪梯”到窗台，从美孚新邨到红磡体育馆，我们的生活空间原来曾经注入了建筑师的人文关怀。

廖本怀说：“香港大会堂，是香港大学的布朗教授设计的，这是需要澄清的历史事实！”布朗教授即来自英国的Gordon Brown，他是港大建筑系的第一代导师，以活动教学的方式带领李景勋、廖本怀等学生到街头上课，透过观看建筑来学习建筑，也领导廖本怀、王泽生等学生设计大会堂。我们的城市逐渐变成库哈斯（Rem Koolhaas）所说的“通属城市”（Generic City）了，仿佛再没有历史和记忆，再没有自己的文化和性格，这些“口述历史”真是弥足珍贵。

库哈斯："精神分裂"的荷兰人

李欧梵称库哈斯为"飞行的荷兰人"，其实这个具有多重身份（作家、教授、梦想家）的建筑界教父"精神分裂"而"绝顶聪明"。他笔下的《疯癫纽约》（*Delirious New York*），既是一篇"曼哈顿的回溯性宣言"（A Retroactive Manifesto for Manhattan），也是一本抒情的科幻小说——请看看它的故事大纲："囚禁的地球上的城市"（The City of the Captive Globe）、"斯芬克斯旅店"（Hotel Sphinx）、"福利宫殿酒店"（Welfare Palace Hotel）、"游泳池的故事"（The Story of the Pool），这些"建筑寓言"当然有极广阔的解读空间，在我看来，跟鲍德里亚（Jean Baudrillard）的随笔倒有几分相似，真是"精神分裂"而"绝顶聪明"——既是什么都说了（那可能只是你的解读方法），也是什么也没说（这世界本来就什么也没有发生）。

也许我毕竟是老派人，要是乘搭纽约地铁到林肯中心（Lincoln Center），大概会想象胡适在一百年前也乘搭过这趟列车，会想起《西城故事》（*West Side Story*），也会想起林肯中心的前身是一个波多黎各移民社区，亦即《西城故事》的创作背景；这样的想象大概像廖本怀忆述布朗教授和大会堂那么不合时宜，怎么会相信（即使很欣赏）库哈斯所论说的 Generic City？

Generic City：建筑学的“末世论”

Generic City当然也不是无中生有，那大概是全球化基建热的必然现象，中国（尤其是珠三角）与中东（尤其是迪拜）的城市景观也许是同一类属——Generic的意思正是如此，既是同类的、一般的，也指生物的同类或同属，没有注册商标，只是满足于地缘政治和经济现实所需，让建筑物在意外、失控、碰撞、杂交中趋向一致，至于识别性，对不起，欠奉了。

这样说来，地铁支线所到之处，诸如油塘、将军澳、调景岭、东涌，何尝不是Generic City的标准模式？有人说库哈斯的著作是建筑学的“末世论”（犹如鲍德里亚的论述是哲学的“末世论”），他在普立兹建筑奖的颁授奖礼上便有此说法：“如果我们不能将我们自身从‘永恒’中解放出来，转而思考更急迫、更当下的新问题，建筑学不会持续到2050年。”这当然是极聪明的说法。

库哈斯有一本书叫《S，M，X，XL》，这些字母就是尺码的缩写，即细码、中码、大码、超大码。他自称对各种尺码都感兴趣，可他要说的其实是建筑的大码和超大码。这想法导致他的建筑事务所一度濒临破产——他有点精神分裂，得奖无数却不大懂得借助名气赚大钱，可他总是用聪明的话语绕过一切问题，正如日本建筑师伊东丰雄所言：“库哈斯是一个将作为社会现象的建筑转变成令人反感的事件的记者，是世界上唯一的这种类型的建筑师。”

对不起，无人回应

库哈斯谈 CCTV 新总部，说“我们做这个方案，并不是占用了空间，而是创造了空间。我们给这个城市创造了这个空间环境，我们定义了这个地区，这是我想要的。我们关心的不仅仅是建筑，还有建筑的周边”。说到设计惹人反感，他说“只有令人厌烦的建筑，才只有一种声音。建筑是需要争议的”。被问到建筑的美与丑，他说“谈论美与丑是一个有趣的话题，关键就看你是从什么观点来看了”。被问到展望，他说“我不太展望未来，有些人假装对未来的 50 年有一个期待和认识，我对此并不感兴趣，现实已经充满幻想，没有必要去展望未来”。

对不起，我也不免像库哈斯那样离题了，其实想说的是基建和建筑本来应该带来丰富的想象，哪怕就像库哈斯所倡议的那样具争议性的想象，可是不知从何时起，香港人对这些已再无想象了，那么，从《热恋建筑》的“口述历史”到库哈斯所说的没有历史的“通属城市”，香港该何去何从？

对不起，无人回应。

书目：

《热恋建筑》，李景勋、廖本怀、黄汉威、何承天等人口述

《疯癫纽约》（*Delirious New York*），库哈斯（Rem Koolhaas）

《S, M, X, XL》（*S, M, X, XL*），库哈斯（Rem Koolhaas）

17　处长先生，能问你一个问题吗？

——阅读非常juicy的闹剧，算不算“娱乐至死”？

广播处处长朱培庆与艳女挽手冶游，无疑是一宗非常juicy的新闻，juicy是行话，用以形容新闻富娱乐性；尽管我不在任何一间报社的“现场”，但我可以想象，以至跟任何人打赌，事发当晚，乃至其后两三天，开编前会议的时候，必然有人用上了juicy这个词来形容这宗新闻。相对而言，《政制发展绿皮书》尽管关乎普选时间表与路线图，却一点也不juicy，无汁，很干，很闷。对不起，这是事实，一宗新闻是否juicy，毫无疑问是取决于它的娱乐性。

我因此想起已故的美国媒介学者波兹曼（Neal Postman）一本极富批判性的书：《娱乐至死》（*Amusing Ourselves to Death*）。他说：“有两种方法可以让文化精神枯萎，一种是奥威尔式的——文化成为一个监狱，另一种是赫胥黎式的——文化成为一场闹剧。”他所说的，是两本小说：奥威尔的《1984》和赫胥黎（Aldous Huxley）的《美丽新世界》（*Brave New World*）。前者预言历史记忆将消失，那是由于执政机器以极权手段毁灭了对政府不利的史实和记录；后者也预言历史和文化的消失，那是由于现代技术通过制造政治形象、瞬间快乐以及安慰疗法，更有效地让历史销声匿迹，也许还更持久，没有人会提出任何异议。

按照波兹曼的论点，我们也许该庆幸奥威尔的预言落空了，执政机器再没法令“文化成为一个监狱”，因为极权式的“洗脑”在资本主义世界再没有市场；但非常不幸的是，赫胥黎的预言已经成为不可回避也不可逆改的事实，我们已经不将历史和文化的流失乃至消失当作一回事，因为历史和文化没有娱乐的功能，都很沉闷，一点也不juicy。波兹曼的论点至少适用于所有资本主义的新闻媒体，因为此一世界的子民都是受“娱乐至死”的教育长大的。

其实本文原意，并不是要谈新闻或丑闻（包括电子媒体与平面媒体所呈现的新闻），只是想在书展前夕谈谈读书，或者像“邮差先生”（波兹曼）那样，透过一些书本——尤其是小说，回顾媒体如何由信息转化为历史记忆日渐消失的隐喻。但这样谈书、谈历史记忆总不免沉闷，一点也不juicy——没法子，我们已经忘记了在什么时候开始，我们被教育得不能忍受沉闷，而偏偏读书总是没法像读绯闻和丑闻那样，读得满嘴巴满舌头都甜起来，都juicy起来，你说怎么办？

初次也是最后一次的见面

那就选一个比较娱乐性的角度来谈读书吧。就从一宗闹剧开始好了——说来我们的广播处处长也不免“娱乐至死”。我们不知道他“娱乐”了多少次，也不想瞎猜，只知道他跟那个被称为Coco的女子是第一次也是最后一次见面。还好，处长先生活在一个“娱乐至死”的城市，只是闹出一宗赫胥黎式的闹剧，闹完便仿佛没事；要是他活在一个奥威尔预言的世界，比如说，像土耳其小说家帕慕克笔下的一个被大雪封锁的世界，那就不堪设想了。如果我们要安慰不幸的广播处处长，最好劝他读帕慕克的《雪》(*Kar*)，对他说：放心吧，处长，这本小说其实一点也不闷，尤其是第五章：“先生，能问你一个问题吗？”——那是关于“凶手与被害人之间初次也是最后一次的谈话”。

凶手是一个深信妇女必须戴头巾这等激进的少女，死者是执行政府世俗主义法令、不让戴头巾的女学生上课（甚至不准她们进入校门）、受情报局保护、身上藏有录音机的教育学院院长。受保护的院长也得要“娱乐”一下自己，他在“新人生糕饼店”吃核桃仁酥饼，第一次也是最后一次见面的少女走到他面前，跟他作出第一次也是最后一次的谈话（以下是浓缩版）：

“您好，先生，您认出我了吗？”

“不，我记不起来了。”

“我也这么想，先生，因为我们从没见过面……先生，可以的话，能问您一个问题吗，您不是无神论者吧？”

“我是穆斯林。”

“尊敬的先生，那么告诉我，您对‘奴尔’一章那优美的第三十一节是怎么看的。”

“这节，是的，这节非常明确地指出女人们应该遮住头部，甚至脸部。”

“你不让我们那些戴头巾的女学生进学校，怎么能和真主的这个指示相符？”

“那是主张世俗化的政府的法令。”

“政府的法令大过真主的指示吗？”

“非常好的问题，可是这些对于一个主张世俗化的政府是两码事。”

“据统计，在戴头巾的伊斯兰国家，强奸案件几乎没有……因为穿长袍、戴头巾的妇女以衣着告诉男人：‘请不要骚扰我。’先生，能问一个问题吗：不让戴头巾的女性上学，是不是想效法欧洲的性革命，让她们廉价出卖贞操？”

“孩子，我吃完了，请原谅，我要走了。”

No Business but Show Business

可是他走不了，因为少女有枪，在一轮关于教义和社会现状的讨论——这是一个有理说不清的世界，可以想象，很多世俗与原初教义相涉的问题，总是各有片面的真理，院长先生又如何能够说得清楚呢——之后，少女把枪塞进院长的嘴巴，喝令他宣读一份判决书，然后迫他自行扳扣。他当然没扳扣，却不断作出明知无效的劝说与哀求，比如“孩子，我是穆斯林，我反对自杀”、“让我这老头子痛痛快快哭一下吧，让我最后一次再想想我的妻子，再想想我的女儿吧”、“坐下，孩子，这个政府会抓住你们所有人的，你们都会被杀死的”等等。他们第一次也是最后一次的谈话全被院长身上的录音机录了音，最后录到的是枪声，以及其后的沉默。

处长先生也跟一名女子第一次也是最后一次见面，倒没有遇上院长先生那么不幸的杀身之祸。那是因为他们活在两个价值观截然不同的世界——前者活在赫胥黎的预言世界，而后者活在奥威尔的预言世界。可在“邮差先生”看来，前者比后者更不幸——娱乐一旦成为所有话语的“超意识形态”，新闻乃至书本都像肥皂剧和清谈节目那样，观众看得无论有多投入，也不会当是真的；即使相信了，也像相信肥皂剧的情节，一觉醒来就成了茶余饭后的“话题”。那么充满娱乐性的“话题”，就是观众的“娱乐”，在“邮差先生”看来，如此世界最大的不幸，以及荒谬，就是人人仿佛觉得“话题”贴身而又人人置身事外，人人都变成迷信的无神论者，唯一的教义就是 There’s no business but show business。

在帕慕克笔下，有理说不清的世界是一个被大雪封锁的世界，当记者的 Kar 写了多少首关于雪和隔绝的诗似乎并不重要，也没有多少读者关心那些诗写得好不好，焦点也许仅仅在于：自称不是“恐怖分子”、爱好和平和真理的少女，以及跟她一样有理想的年轻穆斯林，他们难道不善良、不虔诚吗？他们为什么要杀人？

《看见》与《盲目》的对照

黎佩芬跟我提起另一本小说——葡萄牙作家萨拉马戈（Jose Saramago）的《看见》（*Seeing*）。我没读过这本小说，倒读过书评和书摘，得悉它跟《盲目》（*Blindness*）相对照。《盲目》直指掌权者惯于漠视人性尊严，总以谎言当作真理，一心要蒙蔽整个世界，而目盲有如瘟疫，在不知名的城市迅速蔓延；《看见》刚好跟《盲目》相反：大雨滂沱下，首都的地方选举，选民起初对投票并不热衷，岂料最后阶段竟有大批选民涌进投票所，集体投空白票以示对掌权者的不信任。政府意识到可见而无声的抗议足以动摇政权，遂宣布戒严，并在边界架起围墙，缉捕煽动群众、扰乱国安的“恐怖分子”。在这里，“盲目”的不再是市民大众，而是当权者。

萨拉马戈毕竟活在历史与文化记忆较为深厚的欧洲，而“邮差先生”生活在电视娱乐统治了一切思想的美国，此所以萨拉马戈的寓言还带有若干奥威尔色彩，不会像“邮差先生”那样相信极权思维已在现代世界绝迹，只剩下赫胥黎式的现代技术，不断令整个世界忘却思考，变得愚蠢而不自知。

那么，在阅读《政制发展绿皮书》这样沉闷的文本之前，我们凭什么相信唐司长所说的“深信市民不会拣一味毒药出来”（政府也不会吧）？不如读一些容或不够 juicy，却肯定没有绿皮书那么沉闷的小说，比如帕慕克的《雪》、萨拉马戈的《看见》，看看在这个“娱乐至死”的世界以外，还有没有别的选择，还有没有别的政治寓言，至于要不要通过参照，思考问题，就悉随尊便好了。

书目：

《娱乐至死》（*Amusing Ourselves to Death*），波兹曼（Neal Postman）

《雪》（*Kar*），帕慕克（Orhan Pamuk）

《看见》（*Seeing*），萨拉马戈（Jose Saramago）

《盲目》（*Blindness*），萨拉马戈（Jose Saramago）

18　1968 年 5 月的革命想象

想也没想便决定了，我回复《明报·星期日生活》的编辑黎佩芬：对！就写 1968 年 5 月的四海翻腾云水怒／太好了，就写法国 1968 年 5 月革命吧／写一条像诗一样漂亮的标语——“直到用最后一个资本家的肠子勒死最后一个官僚之前，人是不自由的”：写学生和工人运动／写萨特（他说他喜欢论战和巷战的策略）／写波伏娃（她不仅是萨特的情人，还是萨特的妈妈）／写 Tel Quel（《如是》、《原样》或《太凯尔》）这份先锋派思想杂志／写列维–斯特劳斯（Claude Levi–Strauss）悲叹他的结构主义思想因五月风暴而死亡／写西方马克思主义者热情的支持和欢呼／写存在主义／写无政府主义者和国际主义诗人／写没有康城电影节*的五月／写让–吕克·戈达尔（Jean-Luc Godard）／写贝托鲁奇（Bernardo Bertolucci）的《戏梦巴黎》（*The Dreamer*）／写菲利普·加莱尔（Philippe Garrel）黑白光影所追忆五月风暴、摇滚乐、嬉皮士……／还可以写一点布拉格之春和红卫兵……

* 即内地通称的戛纳电影节。

从室内狂欢走向烈火街头

可在动笔的时刻才想清楚，两千来字不可能写那么多的事情。就从 40 年前最深刻的印象说起吧，那时的国货公司都贴了两句诗：四海翻腾云水怒，五洲震荡风雷激。那时想：四海大概是中国，五洲是世界了。很多年后，1968 年的青年诗人贝鲁托奇拍了很多电影，他在《戏梦巴黎》细说三名年轻人相识于巴黎街头一场抗议国家电影政策的集会，他们在贴满毛泽东画像的房子里扎营、喝酒狂欢，走出房子的时候刚好遇上一场革命了，热爱电影的青年与乱伦的双胞胎兄妹跻身人群中，面对着防暴警察，画面是一片熊熊火光。

那是若弗兰（Laurent Joffrin）在《68 年 5 月的历史事件》（*Mai 68. Histoire des Evenements*）所描述的学生运动和工人运动，我们都记得那些诗一样的标语："直到用最后一个资本家的肠子勒死最后一个官僚之前，人是不自由的"。"消费社会不得好死，异化社会不得好死，我们要一个独创的新世界，我们拒绝一个用无聊到死的危险去换取免于饥饿的世界"。"革命不仅是对资本主义社会，而且是对工业文明的开端的挑战"。"权利归零想象"。"禁止一切禁止"。"我们在这里领导一种奇异的生活。我们睡，我们吃；我们不触及金钱；没有人想它，这已是我们创造的社会"。"只有革命行动，没有革命思想"……

若弗兰说：在这个那么热爱革命的国度里，一次试图改变一切的革命只是多了一次失败而已，他说 1968 年的革命想象仍未超出重温 1936 年大罢工的范畴；他说："我们无法给这场运动命名，只有用

‘事件’（Les Evenements）这个平淡而中性的名词来称呼它，直到我们选择了 Mai 68（1968 年 5 月）这个没有内容的年月名称。确实很难找到一个较准确的词来称呼它。”1968 年 5 月只是一次大革命的全面演习，同样的历史话剧将继续演出，旧世界将发抖。他说：“这个简单的感想首先来自开头的假设，其次来自事件平息之后才想起的一个极妙的已被五月进一步证实了的古老箴言：历史就是一部小说，尤其在法兰西。”

摆脱成规，诉说生命和创造力

历史真的像一部小说，1968 年 5 月，康城电影节中止了，云集于巴黎街头的电影人却将技术的、美学的和社会的震撼带给其后的电影——摆脱一切成规，强烈地诉说生命和创造力。

1968 年 5 月，法国学生和工人有一场难以命名的革命想象，法国的知识分子有 *Tel Quel* 季刊，*Tel Quel* 之名源自发刊词中所引用的尼采的一句话：“我要世界，我要它像原来的样子。”这份刊物发表了大量激进的宣言，提出了大量颠覆性的理论，新小说、新批评、新哲学、结构主义、解构主义、女性主义、后现代思潮都肇源于受益于这份刊物。*Tel Quel* 的理论探索在 1968 年达到高峰，同年出版的集体论文集《整体理论》对当时西方新思想、新观念进行一次系统清点和总结，并通过这次统一的思想行动发动一场全面的思想颠覆。

1968 年 5 月，革命的想象和想象的革命有萨特，也有阿拉贡（Louis Aragon）的支援。萨特 1969 年回顾了“五月事件”，说“没有党的领导，并不窒息它的成员的创造性自由。他说“五月事件”是一场没有政治革命的文化革命，所以它必然失败。然而，他第一次以“对发达社会的否定”去“表述发达社会”，“反对异化和争取自治的斗争，使发达社会面对它的限度和矛盾”。他说他喜欢论战和巷战的策略，他跟左翼学生领袖科恩·本迪特（Daniel Cohn-Bendit）会面，到索邦大学演说，为学生打气……

腿子 · 当时光流逝 · 圣容

历史真的像一部小说，1964 年，米兰·昆德拉的小说《玩笑》的手稿辗转送到法国，交给阿拉贡写序，阿拉贡称他为“本世纪最伟大的小说家”；1968 年，苏联入侵捷克后，《玩笑》被列为禁书，阿拉贡极为愤慨，他声称永远不再踏足苏联的土地：“即使我想去，我的腿子也不会同意。”尽管经过四年后，他的腿子同意了去莫斯科接受一枚勋章，令一场无以命名的革命想象渗透了美丽和丑陋。

当然要记住 1968 年 5 月，诗人音乐家李奥·法莱（Leo Ferre）参与了学生组织无政府主义者联盟举办的演出，翌年五月将事件谱写成歌曲出版，阿拉贡对他有极高评价：“法国文学史因为李奥·法莱而不得不稍微改写。”李奥·法莱出版了专集《无政府主义者之爱》(*Amour Anarchie*)，里面有一首教人一听难忘的《当时光流逝》(*Avec le temps*)，每听一回，都仿佛回到 1968 年 5 月一场无以命名的革命想象的激动和沧桑。

当然要记住1968年5月，诗人弗里诺（Andre Frenaud）向世界朗读了他的《圣容》（*La Sainte Face*），那是一首荒诞的长诗，流露出强烈的政治幻灭感。诗人在此以两种姿态示人，一则高贵而尊严，一则滑稽到无可容忍，仿佛世界之大，无处安身立命，诗人在城中游荡，普天同庆的神秘气氛弥漫于军营、尸堆、战火，混乱中，一个被等待的未婚妻仿佛就是一切希望的象征。这是一场无以命名的革命想象的另一个名称。

是的，真的没法子写那么多的事情，只要记住1968年5月就好了，只要记住小说一样的历史就好了。

书目：

《68年5月的历史事件》（*Mai 68. Histoire des Evenements*），若弗兰（Laurent Joffrin）

19　街头艺术与迪斯尼化社会

在时代广场做街头演出，结果只有一个字：赶——不是表演人"赶"时间，而是被警察或保安人员驱"赶"，《画在时代的西藏》被"赶"，画家庞均近期在在半山扶手电梯上写生，也被"赶"——我们的城市在什么时候开始变得那么不可理喻？

被“赶”与“听拉”

庞均是徐悲鸿的末代入室弟子——必须说明，这只是他的身份背景，并不表示徐悲鸿或任何名画家的弟子有任何特权；是的，画家没有特权，但画家在街头写生，跟小贩在公众地方无牌贩卖是否有分别呢？是否一样要被“赶”或被捕呢？庞均近期在香港写生，三度遭管理员以“妨碍”、“阻塞”通道或“私人地方”为由，予以驱赶。他慨叹说：“香港三十年前是文化沙漠，三十年后也是一样。”他说在世界各地写生，从未受过如此“礼待”。对不起，庞先生，香港就某程度而言，的确是一个没有文化的城市。

我在电邮中告诉邓小桦，我很喜欢 Martha Cooper / Henry Chalfant 合著的《地下铁艺术》(*Subway Art*)，那些“涂鸦”好激，好颓，可是，“在港铁玩实听拉”。也许，不一定要“涂污”地下铁和地下铁车站那么激进，有没有比较温和（温和只是谈判策略，不是怕“赶”怕“拉”）的办法呢？有的，加拿大有一位街头艺术家，艺名叫 Paul 107（他每天都乘搭 107 号巴士，故此取了这个名字），他写了一本书，叫做《全部的城市：争取空间的书》(*All City: The Book About Taking Space*)。所谓“争取空间”，就是要争取公共艺术或街头艺术的生存空间——为什么全世界的城市空间都被商品广告“买”去？为什么付不起钱的艺术家就一定要躲在局促的画室，甘心被剥夺表达的自由？

撼头埋墙：赶不绝的文化运动

英国街头艺术奇才 Banksy（原名 Robin Banks 或 Robert Banks）先后出版了四本书，有一本叫做《墙与碎片》（*Wall and Piece*，谐音 war and peace），另一本叫《撼头埋墙》（*Banging Your Head Against A Brick Wall*），书中的画固然好看，可书名也很有意思，那几乎就是街头艺术宣言：这些街头艺术家本来是爱好和平的，但他们将不惜“战争”，要是他们被剥夺了“言论自由”，他们不可能不反抗，因为他们的街头创作本质上就是“撼头埋墙”。

Nicholas Ganz 的《涂鸦世界：五大洲的街头艺术》（*Graffiti World: Street Art from Five Continents*）和《涂鸦女子》向我们呈示一个街头艺术的大同世界，不分地域，也不分性别，全球的街头艺术同志们都不怕“赶”、不怕“拉”，那是另一种“全球化”，在五大洲的每一角落（也许要加一个注脚：除了香港），一场全球化街头文化革命早就成为城市不可分割的一部分，早已是一场抹不掉、赶不绝的文化运动。

在广场上画一个圆圈

S. Harrison-Pepper 的《在广场上画一个圆圈》（*Drawing a circle in the Square: Street Performance in New York's Washington Square Park*）提出另一种文化运动，向读者展示另一种“公共空间”的想

象。街头表演（戏剧、舞蹈、音乐、哑剧、魔术、行为艺术……）为广场（及公园）注入了全新的活力，已经成为公共空间（作为一个有机的生命体）不可或缺的血液，在广场上画一个圆圈，犹如香港从前的街头卖艺、卖药或卖唱，向围观的人群表达不同的诉求——啊，什么时候开始，我们的城市不再容许街头卖艺？什么时候开始，香港变得有别于地球上别的城市，执法者不问情由只懂得驱赶，致令街头卖艺已然淡出于集体记忆？是的，我们的城市太不可理喻了，连写生也要“赶”，遑论街头艺术了。

我想起英国社会学家艾伦·布里曼（Alan Bryman）所论述的全球城市“麦当劳化”（McDonaldization）和“迪斯尼化”（Disneyization）。前者指向麦当劳快餐店为代表的商业模式——以同构型、高度可复制性、标准化、流水式生产线为特征；后者指以迪斯尼主题公园为代表的商业模式——以主题化、多样性、人性商品化、表演性劳动化、消费者中心化为特征。布里曼在《迪斯尼化社会》（*The Disneyization of Society*）一书中指出：“迪斯尼化”是现代商业社会发展的模式和趋势的一个隐喻，它是一面我们据以看清现代社会本质的透视镜，让我们从中看出当今社会不忍卒睹的真相（同时也是假象），也许可以让我们反省社会日趋“非人化”的惨况——而这些惨况总是以欢笑和温馨来包装的；我们的城市已经“迪斯尼化”了，只容许迪斯尼式的有牌街头卖艺，你说怎么办？

也许，在迪斯尼以外，在铜锣湾、旺角街头，我们还可以看见的“牛扒人”、“餐簿人”，那正是迪斯尼式的宣传，人穿上了一件血淋淋的牛扒或一本餐簿的外壳，当街派传单，我们不禁有此疑问：为什么这个城市只许这种“非人化”的惨况不断复制，却要把画家写生、街头艺术一律赶绝？

书目：

《地下铁艺术》（*Subway Art*），Martha Cooper / Henry Chalfant

《全部的城市：争取空间的书》（*All City：The Book About Taking Space*），Paul

《墙与碎片》（*Wall and Piece*），Banksy

《撼头埋墙》（*Banging Your Head Against A Brick Wall*），Banksy

《涂鸦世界：五大洲的街头艺术》（*Graffiti World：Street Art from Five Continents*），Nicholas Ganz

《涂鸦女子》，Nicholas Ganz

《在广场上画一个圆圈》（*Drawing a Circle in the Square：Street Performance in New York' s Washington Square Park*），S. Harrison-Pepper

《迪斯尼化社会》（*The Disneyization of Society*），艾伦·布里曼（Alan Bryman）

20　《溏心风暴》与“善恶对立寓言”

边个系人，边个系鬼，我睇得出！（哪个是人，哪个是鬼，我看得出来。）

这个十年结束之前，《溏心风暴》这套无线剧集播完了，但“大契语录”依然好 hit：“呢度唔系法庭，唔使证据，我对眼就系证据。我睇人几十年，边个系人，边个系鬼，我睇得出！”有一次打友人手机，电话铃声就是这段对白，可见“大契”的“一言堂”还是方兴未艾。

也许大契（李司棋）就是“妈打”（《季节》的邓碧云）的最新版本。“呢度唔系法庭，唔使证据”，骤耳听来似乎很武断，很“一言堂”，但想深一层，倒觉得那是这十年来连场社会议题、政治议题的真实写照——从“八万五”到廿三条立法，从尚未唱够《狮子山下》的阿松黯然下台，到双普选的悬而未决；从声大夹恶的名嘴言论，到巴士阿叔大喝三声“未解决”；从勾地政策与高地价高楼价，到天星码头与皇后码头的论争……你说你的歪理，我喊我的口号，几时需要证据？十年来，从董建华说“八万五不存在”，到八卦报刊揭人隐私；从政敌暗中借报界放料互爆阴毒，到西九推倒重来又不知如何来法。

这十年再没有“说了算”的政治权威或社会权威了，从社会到家庭都出现了日趋严峻的“管治危机”，在荧屏上夸夸其谈的，个个都很“样衰”，个个都是破坏“和谐”的反派，女的像“细契”（关菊英，像祥嫂吗？）、姻伯母（梁舜燕），男的像“舅父波”（阮兆祥)、常在德（李成昌)，此所以“大契”喝一句“边个系人，边个系鬼，我睇得出！”登时大快人心——原来香港人这十年来的价值观崩毁了，潜意识里最渴望找到的，正是一个“唔使证据，我对眼就系证据”的“大契”，她隐隐然就是一个温馨和谐、洋溢欢笑的家庭（或社会）唯一的“凝聚力”，唯一的“核心价值”。她在生时，说了算；她病逝了，仍是唐家打击“外敌”的“精神领袖”。

如果香港真的有一个“大契”就好了，只要她在，无论唐仁佳（夏雨）有多糊涂、有多窝囊也不要紧，无论唐家爆出什么风暴也不要紧。为什么？只因她“睇得出”“边个系人，边个系鬼”，忠和奸都逃不过她的“法眼”，她就是“法”——什么时候开始，香港人学会接受这一套？

“善恶对立寓言”的盲点

“唔使证据，我对眼就系证据”、“边个系人，边个系鬼，我睇得出”，说穿了，就是一套摩尼教式的“善恶对立寓言”（Manichean Allegory）。摩尼教（Manichaeism）即明教，教义以二元神论为基础，他们认为“恶与善是同时存在的，所以恶在宇宙当中是永恒的”，黑暗和光明就是摩尼教的“二宗”。

死于血癌的精神病学家法侬（Frantz Fanon，1925—1961），出生于加勒比海中马提尼克岛（Martinique），该岛当时是法国殖民地。他从摩尼教的二元神论得到灵感，提出了“善恶对立寓言”的思辨概念，以揭露和批判西方文化对殖民地习以为常的支配话语和霸权论述……简单地说，西方殖民主义者就是善与光明的化身，而被殖民者当然就是恶和黑暗的“他者”；互换立场，被殖民者在解殖前后也自称善与光明的化身，视西方殖民主义者为恶和黑暗的“他者”。

这套简化的二元论，其实也是从西方传统二元对立思想衍生来的，那是一套典型的各自表述的逻辑框架，从而派生出一连串耳熟能详的二元对立观念，诸如文明／野蛮、高贵／低贱、强权／弱势、富裕／贫穷、理性／感性、中心／边缘，等等。法侬指出，在所有殖民社会里，这套界定了权力和身份的话语形式，一直都占据了支配地位，因为此套西方惯性思维早已透过教育、宗教、文化等手段，植根于被殖民者的精神世界，根深蒂固，成为价值判断的唯一宰制。“善恶对立寓言”不但具有反殖的文化意涵，更是一种深层心理结构，主宰了认知世界的方法——男／女、忠／奸、敌／我……以外，对香港人来说，可能就是黄飞鸿（关德兴）／石坚、民主／反共，到了今天就演变成“大契”／“细契”的誓不两立。

法国思想家莫林（Edgar Morin，1921— ）提出的“复杂思维范式”(complexit)，就是对“善恶对立寓言”的深刻反省。莫林对知识的分析和批判，着力于揭露其思想根源和思维模式——他认为现代知识的根本错误，在于挟持“理性”、“人性”、“科学”、“真理”等代表“善”的抽象名目以自重（一如所有政党的名称)，将一切错误、邪恶、不义、丑陋都推诿于“敌人”(一如英美出兵伊拉克)，以确立自身的正确性、合理化、合法化、制度化和逻辑化，将一切标准定于一尊。他认为“善恶对立寓言”乃一切文化危机的祸根：长期以来，教育人类成为道德的“主体”，心中总要找寻一个意识形态上的“他者”，使之成为自己的“敌人”。若不根除这套思维方法，知识必亡。

香港人什么时候才可以走出“善恶对立寓言”的阴影？什么时候才可以摆脱“大契”／“细契”的思维方式，踏上解殖之路？

两个母亲，两个卧底

十年来，卧底意识一直主宰着香港人的价值观——没有什么比卧底更简易地、更有效地消灭邪恶的敌方了。“细契”的亲生儿子“欢欢”（黎诺懿）出席“控诉大会”，表面上屈从于亲生母亲，可他“唔声唔声”，一出声便“吓你一惊”，他情辞恳切地颂扬母亲的公正无私，养育劬劳，但不是说“在场”的“细契”，而是说早已“不在场”

的“大契”——原来他是明目张胆的“卧底”，要搞寸“细契”个场。

“细契”中了一次反间计，殊不知一不离二。“大契”所生的阿Gil（黄宗泽）为了不想家产被冻结，临阵掉转枪头，投靠“细契”，出庭指证父亲唐仁佳临终之前的一段日子神志不清；可他捏造的证供正好成为“细契”阵营的假口供——他也是卧底，一场争产案的卧底，令“细契”阵营一败涂地。

两个母亲，两个卧底——这不就是这十年的“政治寓言”么？罗永生论《无间道》等香港卧底电影，便将有关论据纳入所谓“勾结式的殖民主义”（collaborative colonialism）的框架，这无疑有助于我们香港人思考和认知卧底的本质，及其深层意义；在这个十年结束之前，《溏心风暴》这套高收视率的家族内斗式电视剧由喜剧演到悲剧，最后以两段卧底情节收场，也许只是借“政治寓言”的壳来推高收视率，舍此以外，不也反映了香港人只求简易和效率，不择手段的心态么？

21　左派的吊诡："他性"的政治

谁都是左派，谁都不是左派。

也许这世界从来就没有左派，因为在某程度而言，满街都是左派，谁都好像当过时间或长或短的左派，结果可能出现这样的吊诡：任何人都是左派，至少是广义的左派；与此同时，任何人都不是左派，因为根本就不存在"非左派"。

这不是我说的，是赵良骏说的，他对《南方周末》说：开始为《老港正传》找演员的时候，他才发现，原来身边有这么多"老左"。他感觉"老左"是"很酷"的：香港有两次人口调查，第一次人口调查在1970年代，那个时候全香港400万人，左派有四分之一，香港现在有700万人，左派起码超过40%。为什么这么多，"现在左派是赚钱的。"他说岑建勋是左派，黄秋生是左派，他自己也是左派。

当然是"广义的左派"——在台湾写现代诗、在左营军中广播电台当过编辑兼外勤记者、演过孙中山的痖弦也是左派，他早前接受《南方都市报》访问，也有此说法："我一直认为，一个文人应该是一个'广义的左派'。所谓'广义的左派'，就是永远对政府采取一种监视和批判的态度，因为政府有它的政府机器，有宣传的队伍，有笔杆子队伍，有写作班子，用不着文人在它香炉里再加一炷香……"《南方都市报》也老实不客气，起了一条非常醒目的标题，"痖弦：每个文人都应该是'广义的左派'"。

谁都是左派，谁都不是左派，那是因为，冷战的年代早就过去了，左派的黄金岁月也早就过去了。1984 年，詹姆逊（Fredric Jameson）、安德斯·史蒂芬森（Anders Stephenson）等合编了一本文集，名为《不必致歉的六十年代》（*The 60s Without Apology*）——大西洋两岸的学者一起追忆“一个由于疯狂而被纪念的时代，一个染满最单纯的年轻人的血的时代，一个毛泽东思想的红旗插满全世界的时代”，他们说，“记忆的死亡远比时间的流逝更可怕，在父辈的阴影下成长的我们，终于会有一天去仰视或俯视这无法替代的十年；Beatles 去了 USSR，我们回到六十年代……”，在他们的心目中，60 年代正是左派的黄金十年。

左派的黄金岁月有如大江东去，我倒想起两个非正统的左派，一男一女，大概就是老左派的“人办”——当然，他们都不在人世了。

吴楚帆：人人为我，我为人人

吴楚帆不是《老港正传》的“老左”，也可能不是所谓正统的左派，但我肯定，他毫无疑问是老牌左派，甚或比正统左派更左派。他在20世纪40年代末发起“电影清洁运动”（另一种反精神污染），提出“让光荣与粤语片同在，耻辱与粤语片绝缘”的纲领，联同张瑛、张活游、白燕、容小意、紫罗莲、黄曼梨、红线女等演员，李铁、李晨风、吴回导演，先后创办新联、中联等电影公司，拍了《危楼春晓》、《家家户户》、《可怜天下父母心》、《人海孤鸿》、《家》、《春》、《秋》、《寒夜》等经典粤语片。

我找到一份《香港航海学校旧生会三十八周年特刊》，载有该会顾问区剑雄撰写的《人海孤鸿观后感》，当中提到“五十年代的香港，左派普遍被视为进步，左倾的中联公司新写实主义电影至今仍脍炙人口”，其时“战争的遗害仍未消除……仍有很多受害的青年流浪街头”，“有真知灼见的爱国艺人吴楚帆先生有见及此，遂毅然决定筹拍此剧”，“该影片是在1957年初开始筹备，当时吴楚帆先生多次来校找我商谈有关筹拍事宜，实地取经，曾多次修改剧本内容，卒于同年底开拍，外景是在母校实地拍摄，内景则取材于红磡劳工子弟学校”。

余慕云为吴楚帆撰写的小传说：“他在香港主演了250多部影片，其中以《家》、《春》、《秋》最为著名，1956年，《北京日报》选举他为最佳演员之一。”另外，《春》曾获文化部颁发的优秀影片奖。

巴金1961年写了一篇《寒夜·附录》，说：“四年前吴楚帆先生到上海，请我去看他带来的香港粤语片《寒夜》，他为我担任翻译。我觉得我脑子里的汪文宣就是他扮演的那个人。汪文宣在我的眼前活起来了，我赞美他的出色的演技，他居然缩短了自己的身材……”

巴金后来在《病中集》又提及此事：“五十年代后期吴楚帆带着粤语片《寒夜》来上海，由他（金焰，演员）陪同到我家做客，我们三个人谈得融洽、愉快，还同去看了《寒夜》。吴楚帆是回来领取《大众电影》百花奖的，他的演技受到了普遍的赞赏。过去金焰是国语片的电影皇帝，吴楚帆是粤语片的电影皇帝。吴主演的片子愈来愈多。金主演的片子愈来愈少……”

在20世纪50年代，能借用劳工子弟学校拍戏，能获《北京日报》、文化部、百花奖颁发奖项，谁敢说吴楚帆不是左派？可他不是一般的左派，是左派中罕见的孟尝君。据梁灿在《香港影坛话当年》一书所记，吴楚帆50年代在九龙塘购地建成两层高洋房，“许多未有家室的朋友，不论是否艺坛中人，经常住在他的客房中……门下食客甚多。”

大约70年代末至80年代初，我当体育记者，常到九龙仔公园采访球队操练，好几次遇到一群街坊围着一名声如洪钟的老翁，听他想当年、论时局，老翁的口吻十足左派，言谈有火，倒也逗笑——他就是吴楚帆，在他身上，我见到最后一个老牌左派略觉怆然的身影。

法拉奇：我是法官

2007年死于乳癌的意大利女记者法拉奇（Oriana Fallaci）大概是

西方最后一个老牌左派。她当过越战战地记者，采访过基辛格、邓小平、阿拉法特、甘地、霍梅尼等风云人物，可从不买账：基辛格说他一生“最灾难性”的事情，就是接受法拉奇的采访；她在采访霍梅尼时故意卸下面纱；她词锋锐利，令邓小平直言对毛泽东的评价：七分功劳、三分错误……

法拉奇任职《华盛顿邮报》期间，被传记作家摩根（Ted Morgan）投诉，指她不仅想做一个光芒四射的名记者，更想充任“复仇天使”，可法拉奇不认为她的立场应该是客观的，她干脆接受《滚石杂志》访问，借此向全世界宣称：“我是法官。我是唯一的决定人。听着：如果我是个画家，我给你画肖像，我究竟有没有权利按我自己的意愿画你？”她比《溏心风暴》的“大契”（李司棋）更赤裸裸地独裁，没有人比她更敢于承认“一言堂”了——好一个强词夺理的老左派。

可法拉奇也有死穴——当她遇上希腊的反政府领导人、诗人帕纳古里斯（Alekos Panagoulis）的时候，也不知道是谁的不幸了，帕纳古里斯个子矮小、其貌不扬，但在法拉奇心目中，却是一个英雄、天才、孩子和疯人的混合体；在她采访他两日后，一段残酷的罗曼史开始了：帕纳古里斯经常当众对她极尽挖苦，提出种种无理要求，在法拉奇怀孕期间，更因小争执而踢死了法拉奇腹中块肉。

1975年，法拉奇的小说《给一个未出生孩子的信》出版，她以罕见的沉郁笔调记录她怀孕至流产期间的悲喜。然而，帕纳古里斯最关心的，是如何分摊流产的医疗费，他建议各出一半。这是法拉奇这个强悍的老左派一生最大的不幸。当然，帕纳古里斯遇上了她是更大的不幸，从此他失去了自我，成为外人眼中的附属物，比《溏心风暴》的唐仁佳更窝囊——全世界的耳朵都倾侧在法拉奇那一边，几乎所有人都对他视而不见，听而不闻，他的悲剧是彻底透明。

他性：没有敌人便没有政治

左派毕竟是个意义游离的政治术语。德国思想家施密特（Carl Schmitt，1888—1985）在《政治的概念》一书中提出一个发人深省的议题：超越“经济、道德、审美或其他理由”的绝对敌我关系，即政治关系的真正实质；政治敌人之所以是敌人，仅仅因为他是“他者”——敌人的存在是先验的，“敌人本质”仅仅是无可逆改的他性(otherness)，人类具有识别敌人的先天意识，总是设法把“异己”当作敌人。

施密特嘲笑自由主义者不懂政治，以为通过知识论和经济学就可以回避敌我意识：“在经济学上，把敌人转换成竞争对手，从知识论上，把敌人转化成争论对手”，但他们不知道，无法化解的真正敌人是“公敌”而非“私敌”。他的结论是：如果没有敌人，也就没有政治，人类便活得毫无意义，只有混日子的“逗乐”(比如看电视、玩计算机)。

刘小枫在《施密特与政治哲学的现代性》中进一步阐释“他性”的政治：“什么是‘政治’？……唯一可以用来定义‘政治的’，就是划分敌友。国家实体作为政治存在，端在于其能自己确定敌友的区分。所谓的敌友，不是抽象的观念，而是历史具体的政治群体，不是个人私敌，而是人民公敌……一个民族要成为政治实体（国家)，就必须自己决断谁是‘我们’的敌人，谁是‘我们’的朋友，否则，一个民族就还没有成为一个政治实体（国家）。因此，‘政治的’始终具有一个在实际的政治（与国家的敌人的斗争）处境中的具体含义。”

历史证明施密特没错，错的只是这世界——如果说，这世界再没有左派了，那是因为左派的黄金岁月不再，也因为再找不到令左派之所以是左派的政治“他性”了；如果说，普天之下，莫非左派，那是因为所有的左派都是非政治的，他们已然异化成“逗乐”的左派了。

书目：

《不必致歉的六十年代》（*The 60s Without Apology*），詹姆逊（Fredric Jameson）、安德斯·史蒂芬森（Anders Stephanson）等

《病中集》，巴金

《给一个未出生孩子的信》，法拉奇（Oriana Fallaci）

《政治的概念》，施密特（Carl Schmitt）

22　再见，龙剑飞

香港电影史上唯一的“银坛铁汉”曹达华与世长辞了，对我们这一代土生土长的“香港仔”来说，正好为一个已然远去的年代画上了迟来的句号——感谢这位得享高寿的粤语片一代巨星，他的豁达、低调、木讷、正直、敦厚和传奇一直陪伴着我们成长，早已成为“香港仔”的集体记忆，难得延续至2007年，不至于没记忆透便过早遗忘。

大概没有多少人会看遍曹达华的700多部电影，但可以肯定，看过《如来神掌》的香港仔此生都忘不了龙剑飞——那是唯一的龙剑飞，数十年来，一代又一代的陈家洛、郭靖、张无忌、卓一航、楚留香……但龙剑飞永远就是曹达华，曹达华就是永远的龙剑飞，那是整整一代人成长过程的共同梦想（犹如周星驰在《功夫》中所言，他们都“学过下”如来神掌），让每一个资质不高、学艺不成、受伤破相的香港仔相信：鲁钝不要紧，吃苦也不要紧，正直就是最后的力量。

如果不木讷，不是英气掩不住土气，那便不是曹达华，不是永远的龙剑飞、梁宽或者华探长。徐小明说得好，不宜用今天的演技标准去量度数十年前的曹达华；要补充的是，也不宜用吴楚帆、张瑛的演绎方法去衡量曹达华，因为那是历史——香港电影史上只有一个曹达华，只有他一人可以演得那么毫不花巧而成为经典。

《如来神掌》：香港仔的集体记忆

《如来神掌》跟还珠楼主、向恺然、王度卢、我是山人、金庸、梁羽生、古龙等名家的武侠小说最大的区别，是它的集大成——基本上它并非名家名著，而是以电影为主要媒介的拼贴式集体创作，乃极具本土特色、不折不扣的“香港制造”。

据官方资料，1964年至1965年版本的五集《如来神掌》，改编自上官虹在《明报》连载的《千佛手》，编剧司徒安改编时引入柳残阳的《天佛掌》情节，将原来的主角江青易名为龙剑飞，如此说来，它就是再没有原装正版的集体创作了。然而，40多年来，仍以曹达华的龙剑飞，于素秋、林凤的裘氏姊妹，柠檬的火云邪神，高鲁泉的东岛长离为正宗。

这五集粤语片之所以成为在20世纪六七十年代成长的香港仔的集体记忆，是由于不断在电视播映，由60年代影碟店每位收费一毛钱，到后来于午后或深宵冷清地播完又播，一如《黄飞鸿》系列，是本港电视广播黄金时代的见证。

其后不断改编，包括曾江、雪妮主演的续篇，刘德华、陈百强、王祖贤的摩登版，张智霖、朱茵的乃至关礼杰、蔡少芬的两套电视剧版本，尔冬升、惠英红、余安安的邵氏版本，还有黄玉郎的漫画版本，俱有极大的重写空间，但影响似乎远不及原始版本，直至近年，如来神掌才凭周星驰的《功夫》再次发扬光大。

曹达华与吴楚帆

曹达华与吴楚帆是同代人。曹生于1915年，吴在1937年凭《人生曲》荣膺“华南影帝”之时仅26岁，即生于1911年，比曹年长4岁。曹以拍武打片及侦探片为主，吴多拍具社会教化意义的电影，两人同在香港影坛发展而各走各路，故鲜有合作；可他们1938年却在《四子从军》中合演过两兄弟，该片演员尚有石友宇、白燕、杜宇和伊秋水。

曹达华拍片逾700部，比吴楚帆多了两三倍。据资料，曹在1963年拍片达41部，不足九天便拍完一片，粗制滥造在所难免，演技当然没法跟吴相提并论；在气质上，曹近“市人”，吴近“文人”，两人殊途同归，倒在香港电影史上各有一番功业。

曹与吴在30年代先后从演，对电影的理念大概南辕北辙，但两人俱成长于一个既贫困又朴素，既受压迫又无以申诉的时代，在外形上俱敦厚正直，在银幕上分别以不同的演绎方法弘扬“邪不能胜正”，替升斗市民抱打不平——这两位巨星都是“正气”的化身。

那时受到市民拥戴的公众人物无不“正气”，尤其是50年代至60年代，像曹、吴那样敦厚正直的男子汉仿佛就是草根阶层的代言人——其时除了电影，还有足球，绰号“肥油”的足球名将何祥友正是佼佼者，他球技未必优于姚卓然，球品倒是一时无两。

文化产业的老好日子

曹达华的全盛时期在50年代中期至60年代中期，据说每部片酬是1万元；早前老牌编剧司徒安在香港电台节目《讲东讲西》中说，当时的名导演每部片酬是2000至3000元，编剧费每部500元至1000元，据此，其时顶级电影工作者都是高收入人士了。

不妨跟其他行业比较一下，据知像何祥友、姚卓然、黄志强、张子岱等足球名将一年也只赚2万至3万元，我的父亲是著名西餐馆的厨师，月薪不过300元；我的中学老师月入约400元左右；我在餐厅和工厂当暑期工，日薪仅4至6元。

片酬1万元当然是很惊人的，那是我父亲三年的工资了；更惊人的，是谢贤的片酬——记得60年代后期看娱乐报章，有报道说谢贤的片酬是2万元呢。但可以肯定的是，谢贤拍片量远不及曹达华多（曹在高峰期年产41部）。也许，片酬过高和粗制滥造是粤语片没落的主要原因。

那时香港文化产量旺盛，电影不但可以卖埠，更可凭“片花”封蚀本门；粤剧团和足球队常到南洋（新、马、泰、越）演出，杂志如《当代文艺》、《伴侣》、《姊妹》等，以及小说单行本也可远销南洋和欧美，真是文化产业的老好日子。可是时代和政局转变太快，到了60年代中后期，南洋市场日趋没落，电影业和出版业未及自强便一蹶不振了。

23 狂欢之后我们做些什么?

——从今天起，忘掉Jean Baudrillard

Jean Baudrillard 去世了。这是黎佩芬在电话中告诉我的。这个电话扰乱了我一整天的生活秩序，我本来约了一个很会说故事的朋友吃晚饭，只好跟他说要改天再约了，他说，太可惜了。我说也没什么可惜的，酒多放几天总不会变坏吧。他便说，可惜的不是酒，不是饭局，而是一个死人竟然干扰了活人的生活。

然后便在案头堆放了好一些书，首先翻揭的是《冷记忆》（*Cool Memories*，也有人译为《酷记忆》或《冷酷的记忆》）第一集（这个随笔系列太 cool 了，cool 得近乎欲罢不能，20 年来已陆陆续续出版了五集），其中一则说："基本上，生命有两种相反的态度：没有任何建设性，没有什么希望，上帝老跟我们作对；一切得以圆满解决，所有诺言都得以履行，上帝与我们同在。"大概可以用作它的作者的墓志铭吧。

他无处不在，又处处不在

Jean Baudrillard 有很多中文译名，内地译为波德里亚，台湾译为尚·布什亚或尚·布西亚，还有波得利雅、鲍德里亚，等等，这些译名好像是同一个人，又好像是好几个不同的人，因为连他本人也不大确定自己的身份，只能将自己按不同阶段割切成不同的碎片，或非碎片（non-fragments，他总爱在一大堆否定意义的言说之后再加上 non 这个前缀，一再消解无意义的残余意义），有人问他："你是哲学家、社会学家、作家、诗人，以上皆非或以上皆是？"他的答案是这样的："我既非哲学家亦非社会学家。我没有遵循学院生涯轨迹，也没有遵循体制步骤。我在大学里教社会学，但我并不认为我是社会学家或是搞专业哲学的哲学家。理论家？我很愿意；形上学家？就极端的角度而言才是；人性和风俗德行的思索者（moraliste）？我不知道。我的作品从来就不是学院式的，但它也不会因此而更有文学性。它在演变，它变得比较不那么理论化，也不再费心提供证据和引用参考。"

《物体系》（*Le Systeme Des Objects*）的中译者林志明在法国时曾致电 Baudrillard，听到的却是一段录音："他总是在所有地方，又不在任何地方。"这个人似乎是无所不在的神，也是根本不存在的"无一物"，此所以他自称"虚无主义者"或"知识的恐怖主义者"："如果成为虚无主义者就是要特许惰性（注意，他所说的惰性其实是科学语言，原指熵的惰性，其后转换成社会状况的借喻）的这个观点并特许对体系不可逆转的分析，而且将达到一个无法回头的程度，那么我就是一个虚无主义者……”“如果成为虚无主义者就是要在霸权体系无法忍受的程度上，采取这种嘲弄和暴力的激进行为，并接受这种体系需要用自身的死亡去应付的挑战，那么我和其他那些使用武器的人一样，是一个使用理论的恐怖主义者和虚无主义者。留给我们的唯一对策就是理论暴力，而不是真理。”

这个人的“理论暴力”总是极端主义的，此所以总是教亲者快而仇者痛，他的支持者和反对者遍天下，都要读他的书，都在他笔下的歇斯底里的抒情与充满隐喻的“理论暴力”中，得到忘我式或暴虐式的快感，那是因为他的其中一个身份就是“语言恐怖主义或虚无主义的随笔作家”——他曾非常隐晦地承认了这个“身份的碎片”师承于萨特和罗兰·巴特，尽管他总是有过多的“影响的焦虑”，老想办法跟所有可能的同道中人如后现代理论家利奥塔或詹明信划清界线，甚或在运用纯熟的哲学和文学隐喻式话语的同时，不忘一步一回头地抹去著作里的一切哲学与文学的痕迹。

从荒诞玄学到随笔作家

也许，从今天起，我们可以忘记 Baudrillard 这个人了，就像他既故作惊人又谨慎地以知识的恐怖主义所书写的《忘记福柯》。是的，这个人不得不忘记福柯，因为他与福柯活在两个极端的世界。如果福柯的功业就是要在“知识考古学”的基础上构建一套“现代性”的知识系谱，那么，像 Baudrillard 那样的一个“语言恐怖主义或虚无主义的随笔作家”，不可能不认定福柯的思想早已过时，因为这个“随笔作家”只存活于“超度真实”（hyperreality，有别于一个世纪前的超现实主义——surrealism，因为超现实主义最终回归人的主体，而“超度真实”却迷失了或取消了主体）的世界，并以此作为“理论暴力”后盾。他声称波斯湾战争从来没发生，他扬言“9 · 11”双子塔的毁灭乃是美国主导的全球化的安魂曲，他只能不断重复使用仿真、内爆、消失、隐形、幻灭、麻醉、终结、惰性、忘形、狂欢、诱惑等意义游离的关键词来描述一个“现代性”不复存世的世界，这样的一个世界再无终极真理，只有不断复制的仿真影像或拟像，只有消失了主体的物化客体，以狂喜和狂欢的形式复制N级增长和增生，比时尚的俗艳更俗艳，比电视和广告的真实更真实，比色情电影的性更性感……

这个“随笔作家”在20岁就已经成为一个“荒诞玄学家”了，他最早的写作是“仿文学评论”，在萨特主编的《现代》讨论卡尔维诺的《分成两半的子爵》、《树上的男爵》和《不存在的骑士》，已经显示出他近乎先天的“荒诞玄学”的才华，如此才华也见诸他其后的随笔：

其一，“无论如何，我们已被宣判社会昏迷、政治昏迷、历史昏迷。我们已被宣判麻醉之后的消失。在此情状下，即使置身于恐怖主义的痉挛，我们还是感觉自己死了好些，总好过像细胞质的外层那样悄悄消逝，悄悄得像无人会感应到，即或感应到也没有人会施咒使之复原而教自己大吃一惊。”他的写作总是以大量的科学术语作为比喻，比如黑洞、DNA、虚拟朋克（cyberpunk）、细胞质的外层（ectopasms）等。也不用理会这些仿真的术语，有空便到网络词典查一查，不然便以跳读的方式略过好了。

其二，“在一部色情电影拍摄期间，其中一个女子——金发，戴了黑色丝绒颈巾，做出不同的动作，但表情始终没有丝毫变化。她的冷漠是诱惑的。在欢好之际，一名男子在那女子的耳畔呢喃：狂欢（orgy）之后我们做些什么？”他常用“诱惑”这个再无任何挑逗性的词，对他而言，这个词是颇为技术性的，它不是同性或异性的互相勾引，而是一种生产与交换的柔性替代项，一种跟一切紧张关系（比如他与女性主义者水火不容的互不理喻的缠斗）的游戏，一种自成体系，有着内在规则、美感和自设陷阱的语言游戏。

其三，“幼稚的绝望：我在梦中邂逅了一个女子，狂恋她并且将我的地址告诉她——我实时意识到地址是假的，她永远再找不到我，无论在梦中或在真实的人世……但为什么，为什么我给她一个假地址呢？即使梦醒了，我还是痛苦了一整天。”这是他的其中一种惯技：歇斯底里的抒情。那是因为他坚持主体已死，现代性早崩溃了，而表象剧烈地解构，“世界幻灭并听命于解释的暴力和历史的暴力”。

其四，“当一个女子脱光，天气便暗晦起来；当天气暗晦起来，她的眼睛是明亮的；当她的眼睛是明亮的，她的肚皮是温暖的。”这一段“仿诗”或“仿格言”大概是为他心目中可恶的女性主义者而写的，他笔下的女子总是一种空空洞洞的抒情对象，他大概是存心要惹有学问的女子生气。所以也不必深究温暖的肚皮到底是指肚皮舞还是胃口。

忘掉他，约另一饭局

不要以为这些随笔与他的“理论暴力”无关，他的许多想法都可以在五集《冷记忆》(*Cool Memories*) 中找到注释。对不起，从今日开始，还是忘掉 Baudrillard 这个人和他的书吧，尽管我不得不承认《冷记忆》与《浮城后记》在随笔风格上的渊源，以至我曾以《冷记忆》和 *Cool Memories* 作为专栏和网志的名称，当然，十年前我撰文悼念亡友李国威，也借“冷记忆”叹喟文章的限期：“对于限期，我们有两种相反的态度：积极的和消极的……如果是绝对的积极，限期是不存在的，因为一切（包括自发性的创作，以及被分派的任务）早在限期前完成……如果是绝对的消极，限期是无意义的，因为列车（班机、渡轮……）早就开走了，工作（学业、婚姻、责任……）早就荒废了，生命（完整的或破碎的）早就结束了。”是的，“上帝在冷记忆出现了两次——一次答应。一次拒绝。”答应的是这篇文章，拒绝的是一个饭局，那么就一定要忘掉一个名叫 Jean Baudrillard 的法籍德国文化学人，忘掉他将近 30 本弥漫着恐怖主义与虚无主义的书，因为他的时代与福柯的时代一样，终究要成为过去；也因为要对这个教人既爱且恨的随笔作家施以最温柔的报复，他华美而颓废的书写也耽误了我过于长久的阅读时光了。

Baudrillard 死于久病。疾病之于躯体（和精神），一如恐怖主义之于社会——都是溃烂、颠覆、瓦解、分裂、变节、封锁、内爆、叛逆、狂欢、变质……的某个部分，疾病和恐怖主义都只是占据了碎片一样的局部区域，一如 Baudrillard 一生的书写只是占据了语言暴力和理论暴力的局部历史，所以要忘掉他，然后找另一超真实世界，另一拟像，另一迷狂与惰性，另一替代项，然后再约另一饭局，跟会说故事的朋友喝另一瓶酒，犹如诗人饮江在“诗序”所引述的 Baudrillard 语录：“……幸好什么也不在场，幸好什么也不与真身相同，幸好，什么也没有发生。”

书目：

《冷记忆》（*Cool Memories*），波德里亚（Jean Baudrillard）

《忘记福柯》（*Forget Foucault*），波德里亚（Jean Baudrillard）

24 如果昆曲和粤曲也有一个巴伐洛堤*

巴伐洛堤（Luciano Pavarotti）死了。友人来电说，午饭时到影音店，想买一张 *The Essential Pavarotti*，可店员告诉他卖光了；友人又说刚巧有个年轻人也向店员查询 Pavarotti 的 CD，仿佛一下子，Pavarotti 变成了万千宠爱的流行歌手。我想告诉友人：没事，巴伐洛堤一直致力于向全世界推广歌剧，甚或令男高音咏叹调成为电视娱乐文化的一部分，曾被批评过于商业化，他可毫不介意，还说“商业”这字眼正是他的目标——他相信全球有 15 亿歌剧观众。15 亿之数，那时也许还没有，如今有了。

巴伐洛堤死了。也许，推广昆曲和粤剧不遗余力、贡献良多的白先勇和汪明荃这时大概会这样想：要是昆曲和粤剧也有一个巴伐洛堤，那该多好呢。说到推广地方文化，也许首先要像巴伐洛堤那样免于精神上的洁癖，让歌剧及其选段走向世界。拥有 15 亿观众及听众，意义大抵在于：让不懂意大利文的乐迷也能情迷咏叹调，这不仅仅是意大利传统文化的光荣，大概也是全球乐迷的福音。对于昆曲、粤曲（尤其是南音）乃至其他传统地方戏曲来说，这未尝不是蛮有教益的想象。

* 内地通译为帕瓦罗蒂。

福尔摩斯与男高音

巴伐洛堤死了。我想起柯南道尔曾以男高音比喻福尔摩斯，那是《福尔摩斯档案录》（*The Case Book of Sherlock Holmes*）的序言："我担心福尔摩斯先生也会变得像那些时髦的男高音歌手一样，在人老艺衰之后，还要频频向宽厚的观众举行告别演出。是该收场了，不管是真人还是虚构的，福尔摩斯不可不退场。有人认为，最好是能够有那么一个专门为虚构的人物而设的奇异的阴间……"男高音歌唱家也不可能永不退场，巴伐洛堤退场了，要是柯南道尔先生活在今天，看过或听过巴伐洛堤，他大概会相信，像巴伐洛堤这样的男高音也合该跟福尔摩斯一样不朽，他恐怕要收回这个略嫌刻薄的巧喻了。

巴伐洛堤死了。对于柯南道尔的巧喻，也不妨作出逆向而正面的想象：歌剧、地方戏曲以至古典音乐，为什么不可以像侦探小说（或武侠小说）那样"亲民"（或"近人"）？侦探小说家其实也喜欢以男高音为题材，比如柯南道尔的《威斯敏斯特教堂谋杀案》，被谋杀的，正是一位"英国最佳业余男高音"。曾在巴黎学声乐，其后弃乐从文，成为"侦探小说女王"的里斯丝蒂（Agatha Mary Clarissa Christie）更不用说了，《最后的演出》、《神秘的奎恩先生》等小说中都着墨于描写男高音。她在《自传》中说，她在巴黎时，"学校组织我们看的大多是歌喜剧，《卡门》、《绣花女》、《曼侬》"，"《卡门》是我最喜欢的一部"。她也曾构思过一个独幕小歌剧："剧名叫《马乔里》。我并未把它全部写出来，倒是在庭院里试唱了一些片段。我隐约感觉到将来有一天，我真的能谱写乐曲。我甚至试着写一部歌剧，但后来又搁置一边了。”其实也没什么，一生做好一件事便够了，像巴伐洛堤，一生只是唱好他的歌，让他的歌声散播全世界，那就很了不起。

人间之爱：才不稀罕做神仙

柯南道尔说“小说幻境乃是避世消愁的唯一途径”，其实电影也是，戏剧也是，音乐也是，歌剧何尝不是？要是觉得歌剧太沉重，也不妨像听 jazz 或 fado 那样听男高音咏叹调，比如听一张 *The Essential Pavarotti*，流行（也换个字眼：普及）对音乐和小说来说，显然不是一个贬词或脏词——反过来说，略带酸腐的“曲高和寡”才是。

巴伐洛堤死了，像友人那样午饭时到影音店，想买一张 *The Essential Pavarotti*，发觉卖光了，倒不值得大惊小怪。不妨作出逆向而正面的想象：为什么你听 *Tosca：E lucevan le stelle*（托斯卡：今夜星光灿烂）、*Turandot：Nessun dorma!*（图兰朵公主：彻夜未眠）、*L' elisir D' amore：Una furtiva lagrima*（爱情灵药：一滴美妙的情泪）等曲目就是“品位”，人家听就是“扮嘢”？也许巴伐洛堤从殿堂的剧院唱到普罗的体育场，正是要删掉这些不存在的界线。

其实不想将巴伐洛堤说得太“神”，可又忍不住要说很喜欢这译名——尤其是“洛堤”（而不是“洛帝”）这两个字，这让我想起，唐代的确有一条“洛堤”，当中有诗，也有故事。《国史异纂》说：“高宗承贞观之后，天下无事，上官仪独持国政。尝凌晨入朝，巡洛水，步月徐辔，诗曰：脉脉广川流，驱马历长洲。鹊飞山月曙，蝉噪野风秋。音韵清亮，群公望之若神仙。”上官仪是唐初宫廷诗人，上官婉儿之父；广川即洛水，长洲即洛堤；诗题是《入朝洛堤步月》，即在凌晨上朝，在护城河堤等待宫门打开。“音韵清亮”、“望之若神仙”只是听 *The Essential Pavarotti* 的幻境，巴伐洛堤一生爱美酒、美食、美人，爱浮华世界，爱人间掌声，才不稀罕做神仙。

书目：

《福尔摩斯档案录》（*The Case Book of Sherlock Holmes*），柯南道尔（Arthur Conan Doyle）

《自传》，克里斯蒂（Agatha Mary Clarissa Chrisie）

25　哀伤的九月

对意大利人来说，9月是哀伤的。那是2005年的9月，范察堤*（Giacinto Facchetti）逝世，足球世界失去了一位“队长”。老一辈的球迷都记得范察堤，他是20世纪60年代“大国米时代”的奠基人，18年职业足球生涯都奉献给了国际米兰。作为一位左后卫，他18年来共射入75球，是第一个不靠主射12码罚球而大量入球的后卫，纪录至今无人打破。2006年9月，一套名为《队长》（*Il Capitano*）的纪录片在威尼斯影展上演，就是为了纪念范察堤。

对意大利人来说，9月是哀伤的。那是2007年的9月，巴伐洛堤（Luciano Pavarotti）逝世，歌剧世界失去了一位“歌王”。全世界的乐迷都怀念他的九个高音C，那是1972年，他演出唐尼采蒂（Gaetano Donizetti）的歌剧《军中女郎》（*La Fille du Regiment*）。九个高音C尽管是剧中角色必须接受的考验，但很少男高音歌唱家能像他那样唱得那么从容，那么圆融，那被上帝吻过的嗓子，教全世界的乐迷叹为观止。

《队长》放映完了，掌声久久不息。谁都忘不了1972年暗藏闪光的黑白影像：范察堤一跃奔天，那真是一个极动人的隐喻。也是1972年，巴伐洛堤在纽约大都会剧院演出，掌声也是久久不息，他连续谢幕十七次——那一幕其实也是一个动人的隐喻：感谢上帝，幸亏这位才华横溢的歌王年轻时没有当上足球队员。

* 内地通译为法切蒂。

幸亏没当上足球球员

巴伐洛堤生于1935年10月12日，他童年时的梦想是当足球球员——那是意大利足球的光辉年代，国家队在1934年及1938年连夺两届世界杯冠军；可是谁都没想到，足球的灰暗时代随即降临——第二次世界大战爆发，战火不仅摧毁了意大利的经济，也大大损耗了意大利足球的元气。

幸亏巴伐洛堤没有当上足球球员。尽管都灵在40年代崛起，重燃意大利足球复兴的希望，可是历史很残酷，意大利足球灰暗的命运还没有结束，1949年发生了一场空难，意大利国家队大部分队员丧生。历史很残酷，也很荒谬，要是足球运动的衰落造就了其他文化艺术（诸如电影、文学、音乐、时装……）的勃兴，那便谁都说不准得或失了。

还是要说，幸亏巴伐洛堤没有当上足球球员。要是他真的圆了童年的足球梦，会跟那些比他年轻几岁的足球明星同场比赛吗？他会成为范察堤、里维拉（Gianni Rivera）的队友吗？不知道。但可以肯定的是，这世上会因为多了一个足球球员而少了一副被上帝吻过的嗓子，那不仅仅是意大利歌剧艺术的损失，更毫无疑问是全球乐迷的损失。

足球球员到30多岁便要退役了，即使像索夫（Dino Zoff）、马蒂尼（Cesare Maldini）那么得天独厚，也只能踢到40岁左右。幸亏巴伐洛堤没有当上足球球员，他在40岁左右才开始成为歌剧界的巨星，一直唱到去年（70岁），这30年是赚来的，所以也没什么好哀伤了。

让歌剧走向民间

巴伐洛堤当不成足球球员，可他参与了1990年在意大利举行的世界杯足球赛，那时他已55岁了，早就长胖了，不可能踢球了，所以他唱，以嗓子代替双脚——唱“普契尼”（Giacomo Puccini）的《图兰朵：彻夜未眠》（*Turandot：Nessun dorma*），这首咏叹调成为该届世界杯的主题曲。是的，在那段教人不禁心跳的日子，从东半球的黑夜到西半球的白天，全世界的球迷和乐迷都兴奋得彻夜未眠。

是的，那一年全球的球迷和乐迷都乐透了，数以十亿计的眼睛（以及耳朵）聚焦于意大利，有些在看世界杯，有些在看巴伐洛堤伙同卡雷拉斯（Jose Carreras）和多明戈（Placido Domingo）在罗马合演“世界三大男高音演唱会”。他们把歌剧从剧院带到足球场和浴场——没错，是浴场，那是建于公元212年至217年的卡拉卡拉浴场，乃古罗马人的“主题公园”。咏叹调也像世界杯足球赛那样，按摩了世上无数紧张、空虚、失落而疲乏的心灵。

此后，伦敦海德公园、纽约中央公园、巴黎埃菲尔铁塔乃至北京紫禁城都变成三大男高音的“歌厅”，歌剧从剧院走向民间，观众及听众数以亿计，成为普世福音，那就不好计较他们用上扩音器了——也不一定就是量变导致质变，巴伐洛堤早已告别剧院，让扣人心弦的咏叹调普世同欢，那么，即使是专业乐迷，大概也不必介意男高音“挂咪”吧。

《春潮》与歌剧

欧洲人爱歌剧，犹如广东人爱粤剧、北京人爱京剧，因为那是他们生活的一部分。屠格涅夫长期流寓欧洲，曾在巴黎生活，也很爱歌剧。他的《春潮》（*The Torrents of Spring*）有好几回都说到歌剧，比如萨宁觉得要给奇巴图拉打打气，便对他说："您当年的勇气哪里去了？"奇巴图拉便说："它还没有完全消失呢。"他开始谈歌剧，谈伟大的男高音加尔西亚（Manuel Garcia，1775 年至 1832 年，西班牙歌剧演唱家和作曲家）……

另一回说到萨宁跟来诺拉太太和她的女儿谈话，"当话题涉及俄罗斯音乐时，她们马上要他唱一曲俄罗斯的咏叹调"，他用钢琴伴奏，用细细的带鼻音的男高音，先唱了《萨拉方》，接着唱了《在马路上》。女士们称赞他的歌喉，但更多的是赞叹俄语的柔和与悦耳，于是要求他翻译歌词。这是多么美好、温暖而难忘的一幕。

还有一回说，在摩德纳（对了，就是巴伐洛堤的故乡），人们向奇巴图拉献了桂冠，还在剧场放了几只白鸽。"一位叫塔尔布斯基的俄国公爵总是叫他到俄国去，答应给他像山一样多的金子"，但他不愿意离开但丁的国家；这时老人叹了两口气，"接着再谈起了古典音乐的时代，谈起了著名男高音歌唱家加尔西亚，对他，他怀有真诚、无上的敬意……"说到歌剧和音乐，真是教人荡气回肠。

书目：

《春潮》（*The Torrents of Spring*），屠格涅夫（Ivan Sergeyevich Turgenev）

26　罗志华的“一人战争”

那是 2008 年 2 月 19 日，星期二，好多朋友都打电话给罗志华，可是只听到留言服务的机械女声，说“你已被接驳到……”都打了若干次，都听了若干次女声录音，才肯相信，谁都没法再听到罗志华的声音了……

被沉重的书压了半生

然后，一连几天不断收到电话和电邮，都说听闻这个戆直的书店负责人被书压死，都想证实他的死讯。只有熟悉的朋友到了最后一刻才明白，一箱箱沉重的书在此人身上已经压了20多年，压了足足半生，他无论有多乐天，有多少天真的梦想，也不免会疲累。如此这般告别“过于喧嚣的孤独”，也许未尝不是一个悲剧人物的彻底解脱。

认识罗志华，是由于他主持的青文书屋和出版社。很多年来，他是书店的店东，也是唯一的店员、跑腿兼苦力，他是出版社的出版人，也是唯一的排版员、跑腿兼苦力；正如马国明所言，一个人搬50箱书到书展，然后，也是一个人，搬45箱书回书店；他还开了一家一人制作公司，租了一部复印机，承印了八期《诗潮》，创办《青文评论》（出版了四期），一人排版，一人印刷，一人钉装，一人搬运，其后复印机因断供而被回收了；在我看来，那是一场很不公平，也很不聪明，但非常了不起的“一人战争”。

都说这个人是乐观的理想主义者，但跟他相熟的朋友都知道，他同时也是一头不懂得面对现实的鸵鸟；也斯说得对：我们何尝懂得面对现实？是的，我们也未必懂得，但我们总会在明知不可为的时候知难而退。很多朋友都劝告过他不要再苦战下去了，或者向他建议一些解决“书债”的办法，可是跟他相熟的朋友都知道，他听了，说了，就当作已经做了——这个人的悲剧也许在于他的矛盾性格，对残酷的世界过于乐观，理想常常变成逃避现实的沙堆。

他不是白说，他准备好了

青文书屋终于结业了，之后，我跟他见了两次面，都跟书有关，他答应出版、收了订金的书，总要想办法交代，交代了一半，他又侃侃而谈未来的出版社计划了。最后一次接到他的电话，是（2007 年）文学双年奖颁奖当日，他说身体不适所以不去领出版社的奖项了，叫我找人代领。通话过程有好几次数秒的静默，我知道只要多开解他几句，他多半会去的。我猜他也许害怕得不到朋友的谅解吧，但如今谅不谅解都不再重要了。

几天前，他的家人在电话中告诉我：他其实已经租了地方，也装好了计算机和排版机。我想转告所有认识他的人：他不是白说的，尽管他的脊、腰和腕早被书压得永久创伤，他其实从没放弃，甘愿让有生之年继续背负沉重的书，继续他的“一人战争”。

我所知道的罗志华，其实并不是住在“纸房子”里的人——那是阿根廷作家多明盖兹（Carlos Maria Dominguez）的一本小说，叫做《纸房子》（*The Paper House*），有一名西班牙语文学女教授购得艾米丽·狄金森（Emily Dickenson）的绝版诗集，边走边读，被车撞死了；有一名书痴在沙洲上用一本接一本的硬皮书筑起一座纸房子，将自己囚禁其中……罗志华半生与书为伴，最后葬身书堆，但书只是他的事业，他的故事一点也不浪漫奇情，尽管书中一些沉思片段仿佛就是他半生的写照：“许多时候，我问我自己，为什么要保存这些在遥远未来才可能对我有些许帮助的书？为什么要保留这些和时下流行题材脱节的书？还有那些多年来只读过一次，就不曾再阅读，也可能永远都不会再翻阅的书……”“许多时候，要从一本书中解脱，远比获得一本书还要难。人和书被一种需要和遗忘的协商相互依附，书好像我们生命中永不复返的某一片刻的见证人……”

只认按钮不认人的机器

如果要选一本小说来述说罗志华的一生，我想，已故捷克作家赫拉巴尔的《过于喧嚣的孤独》（*Too Loud a Solitude*），庶几近矣——对不起，这故事很残酷，一如罗志华的一生；书中主角只活了 35 年，比罗志华少活了 10 年：他是一个废纸回收站的工人，孑然一身，没有妻儿，没有朋友，终日躲在肮脏而潮湿、充满霉烂气味的地下室工场，操作压纸机，将废纸和旧书压扁。这个废纸工人从来没有埋怨命运，倒将苦差当作他的“一人恋爱”，将地下室当作“天堂”。他从废纸堆中捡到不少教他一生受用不尽的旧书，他的身上沾满了文字，俨然成了一本百科全书。他最后被解雇了，失去了生命中唯一的价值，便抱着书本跳进压纸机，按了开关，将自己和书本一起压扁，压成模子的式样。他就是书，书就是他，人与书的剩余价值就是变成废纸，两者仿佛命运共同体，一起葬身于一部只认按钮不认人的无情机器。

对不起，故事也许过于残暴而感伤，教人欲哭无泪，教人感到不安，但那片“过于喧嚣的孤独”却是千真万确的——喧嚣的是机器一样的世界，孤独的是废纸一样的人和书。

罗志华为很多人出版书本（公平一点，必须说明：也有不少人帮过他——有人为他义编义写，也有人自费出书，交他制作发行而没有结账），也该有一本书，纪念这位以书为毕生事业的出版人。袁兆昌为他开了一个网页，收集了网上悼念他的文章（数量也真不少），还要给他编一本纪念小册子，这就很好。我建议，小册子照做，书稍后也照出，出版费用可想办法，在这喧嚣而孤独的世界里，那只是我们能为罗志华所做的一件小事。

书目：

《纸房子》（*The Paper House*），多明盖兹（Carlos Maria Dominguez）
《过于喧嚣的孤独》（*Too Loud a Solitude*），赫拉巴尔（Bohumil Hrabal）

27 用眼睛聆听小飞侠的尖叫

米高积逊*（Michael Jackson）远去了，法拉·福赛特（Farrah Fawcett）远去了，皮娜·鲍什（Pina Bausch）远去了，也许这说法不免有若干语病。我们活在一个灾祸频仍的年代，疫症蔓延，政变频密，飞机失事，塌房子，塌矿坑，恐怖主义与索马里海盗同样猖獗，自杀和他毁无日无之，语言暴力日趋嚣张……我们活在迪皮伊（Jean-Pierre Dupuy）所说的“走向闪电般的灾难”的世界，每天都有这样的人那样的人远去；那么，为什么只有少数的名人或艺人（诸如米高积逊、法拉·福赛特、皮娜·鲍什）在远去之后才得到默许的公开悼念？

* 内地通译为迈克尔·杰克逊，全书同。

“外在的隐私”

也许米高积逊的确有点特别，或者说，是传媒机器告诉我们，他比很多无名的普通人要特别得多。他年逾半百，却是世人心目中永远（迷失的）“小飞侠”潘彼得（Peter Pan）；他是黑人，却倾尽所能将自己变种成为白人；他背叛了基督，还原为穆斯林；他本来以歌声和身体语言为自己建立名声和形象，却像蒙克（Edvard Munch）的《叫喊》（*The Scream*，对了，就是那幅不断被偷走的名画）那样长期静默，世人好像只记得他“反常”的moonwalk，只能用眼睛聆听他永远凝止的尖叫声。

《南方都市报》的一篇报道说得好：米高积逊“没在中国正式登过台，却让中国第一次感知了身体解放”；米高积逊死了，“再也没有人穿吊脚裤跳那么帅的舞了”。迈克尔·杰克逊、米高积逊、麦可·杰克森，“他们”都是同一个人——Michael Jackson，中国内地、香港和台湾地区分别给他起了三个不同的中文译名，在各自区域使用，并一直延续到今天。虽然中文名不同，但他是这三地共同的“流行曲之王”（King of Pop）。对了，“猫王”普莱斯利（Elvis Presley）是“摇滚乐之王”（King of Rock），而“小飞侠”MJ是“流行曲之王”。

这世上大概再无任何人比米高积逊拥有更多“外在的隐私”（external intimacy），他的样貌（整容或毁容），他的性取向（爱护儿童，或娈童），恰如拉康（Jacques Lacan）所创造的一个词：Lextimité，那是说，一个人的原质乃他的主体最隐秘的核心，但那只是主体内的外来物，并不是主体自身，“在我内部而多于我”(in me and more than me)；这样的一个人的原质既存在于内部，又体现于外部，此所以是一种“外隐”(ex-timacy)，而非“内隐”(intimacy)，它的本质异于（或外于）主体，却与主体异常亲密，用齐泽克的话来说，那就是“主体内部无法符号化的实在界”。

齐泽克在《实在界的面庞》(*The Grimaces of the Real*) 的《中文版前言：灾难重重的年代》引述了布莱希特 (Bertolt Brecht) 的一句话：“道德是为那些幸运儿设立的，只有他们才配拥有道德。”这句话本来“是以纳粹集中营中的穆斯林的形象为典范的”：“他们处在人格的‘零层面’上，是‘活死人’，对基本的生物刺激都没有反应，在受到攻击时不知道自卫，甚至逐渐丧失了饥饿感，吃喝只是出于盲目的习惯，而不是出于本能的需要。”对不起，要是换掉处境和时代，这番话岂不就是冲着 MJ 说的？

“成人世界”容不下“梦幻乐园”

还记得 MJ 的“危险之旅”(Dangerous) 与香港擦身而过吗？那是 1993 年，香港原本是“危险之旅”其中一站，但 16 年前的香港一如 16 年后的香港，是一个容不下任何童心或童真、只有泛道德的成人世界，“小飞侠”最终不来了或来不了，要是真的在大球场上演的话，罪名无疑就是“噪音扰民”。

香港这个“成人世界”似乎很熟悉丹·基利 (Dan Kiley) 所说

的“小飞侠症候群”（Peter Pan syndrome），总是挖空心思去嘲笑不愿长大的“超龄儿童”，但好像没有多少人关心巴里（J. M. Barrie）笔下的人物原型：一个拒绝长大的小男孩，带领着一群孤儿在“梦幻乐园”（Neverland）历险；也没有多少人关心巴里7岁丧兄，他便穿上亡兄的衣服来安慰母亲。他并不完全是拒绝长大，只是用自己的方法抵抗成人世界的悲哀与荒唐。此所以永远的“小飞侠”MJ也有一座Neverland，此所以他唱：

> Dangerous / The girl is so dangerous / I have to pray to God / Cause I know how / Lust can blind / It's a passion in my soul / But you're no damn lover / Friend of mine

香港这个“成人世界”似乎真的容不下远去的“小飞侠”。那么，皮娜·鲍什呢？我在facebook说：“去年错过了她的《月满》，到了今天才明白，一次错过就是一生错过。”一位名叫Wai Verdy Leung的朋友回应说：“还记得看《月满》的时候，多种不同的感情与触动就在瞬间凝聚……看罢演出整个人觉得好累，感情做了太多运动，甚至令人惧怕再去看她的演出，因里面触及到的，实在是人内心深处最令人恐惧的情感……”

对了，是内心深处最令人恐惧的情感。德国舞评家施密特（Jochen Schmidt）深明此理，他的《皮娜·鲍什》（*Pina Bausch*）正是一本动人的舞者传记，他为此书起了个很深刻的副题：*Tanzen Gegen die Angst*，英译是*Dance against the fear*，鲍什的舞蹈原来就是为了抵抗恐惧。香港这个“成人世界”容不下远去的“小飞侠”，也许就是因为不懂得用眼睛听见他永远凝止的尖叫声，也不懂得皮娜·鲍什如何以肢体的呐喊来抵抗恐惧。

书目：

《实在界的面庞》（*The Grimaces of the Real*），齐泽克（Slavoj Zizek）

《皮娜·鲍什》（*Pina Bausch*），施密特（Jochen Schmidt）

28　林尚义的几个凝镜

记忆中有一帧黑白照片：背景是大球场场馆（东看台），栏杆前站了四个人，点了四根烟，左起吴志雄、谢东尼、林尚义和我……四个人都是广义的体育记者。那是20世纪70年代末吧，那是阳光普照的星期天吧，那是一场万众期待的big ball吧，可以想象，下一刻，烟抽完了，都捏熄了烟头，都回到工作岗站——第28段顶的讲波包厢，包厢下的记者席，东西看台下面的龙门两侧，唔，要开波了。90分钟或120分钟之后，散场了，都随着人潮散去。都散去了，黑白照片中的四个人，有两个走了，2008年是吴志雄（笔名钢炮、吴智、艾云，在《星岛体育》撰写“包可华体”的足球专栏），刚走的，是林尚义——我们的“阿叔”。

重炮手与中国台湾的足球明星

恍如昨日。那是无数美好星期天的其中一天，那是无数照片作为无数“悼亡之书”的其中一页，那是苏珊·桑塔格所说的“所有照片都是memento mori”的缘由：“拍一张照片等于参与另一个人（或另一事物）的无常、脆弱以及不可避免的死亡……正如那些被保存在家庭相簿里的亡故亲朋戚友，他们在相片中的存在，去除了一部分由于他们的消逝而鼓动的悔恨与焦虑。”

“阿叔”走了，足球最美好的时代终于散场了，那是一代足球迷的“集体记忆”，那是整整一个时代的memento mori。时光倒拨至20世纪60年代，林尚义是“重炮手”，当时的足球很笨重，“阿叔”的“重炮”却随时可离门40码轰射破网；“阿叔”是中国台湾的足球明星，是当时流行的WM阵式（二三五，两名后卫，三名中卫，五名前锋——左右翼锋、左右辅锋、中锋）的中卫。

其时香港只有300多万人口，却有两支亚洲杯预赛冠军——中区预赛冠军香港代表队、东区预赛冠军台湾代表队。至今还记得当时的阵容：台湾代表队——守门员郭德先（或刘建中），后卫郭锦洪、罗北，中卫曾镜洪、林尚义、郭有，前锋黄志强、张子岱、张子慧、杨伟业及莫振华。香港代表队——守门员梅永达（或卢尔德权），后卫骆德兴、黎宝忠，中卫梁金耀、龚华杰、叶锦洪，前锋区彭年、何祥友、窝利士（或袁权韬）、张耀国、梁伟雄（或邝演英）。

那是香港足球的黄金年代，香港依然是“亚洲足球王国”，足球大赛比之全盛期的红馆演唱会还要轰动，足球队员是明星，到处登台走埠，有些还“踢而优则演”，真的成了大银幕的明星……是的，足球是当年香港最重要的文化产业之一。记忆中，“阿叔”林尚义却绝少“想当年”，他总是向前看，足球生命完了，他当上了电台（其后是电视）的足球评述员。

讲波佬与另类神父

在电视还没有足球直播的日子，我们这一代人有过一段美好得教人思之惘然的 radio days，大球场或花墟球场内外，都带着一部原子粒收音机，场里的球迷和球场畔的“山寨王”都像今天讲手提电话那样，提着收音机，将它贴在耳边，边看边听；场外的每一个角落都有人群围拢着收音机，把音量调到最大，凭想象力“观看”一场又一场“声音的足球赛”，跟场内的观众一起呐喊……

起初，我们这一代人听叶观楫、卢振喧，是这两位“讲波佬”奠定了夸张、肉紧、幽默、谐谑兼而有之的讲波风格，然后是何鉴江、林尚义，那真是一段美好得教人思之惘然的 radio days。可以想象，“声音的足球赛”的受众远远多于现场观众，整整一代人都是在如痴如醉的足球评述和充满煽动性的足球转播声浪中长大的。“阿叔”走了，足球的 radio days 也早就远去了，足球和讲波，以及一段朴素里夹缠着激动、精神压抑里暗藏反叛与呐喊的黄金岁月，一去不返了，记忆中躁动不安的声浪，于是成为了这一代人永远的凝镜，永远的 memento mori。

“阿叔”不仅仅是这一代人黄金岁月里的足球明星，不仅仅是为这一代人的压抑与反叛代言和呐喊的“讲波佬”。他很少“想当年”，他总是引领着这一代人向前看，他一生仿佛做了别人三世的事，足球生涯完了，他当上了“讲波佬”，电台的足球转播式微了，他当上了在屋邨长大的一代人的“精神大佬”——《古惑仔》电影系列里的“另类神父”。

“奇想之年”即“悼亡之年”

当年的屋邨少年都不会忘记，那是一个“收编”的年代，黑社会“收编”，左派工会“收编”，教会也“收编”，“阿叔”饰演的“另类神父”仿佛寄寓了被收编的屋邨少年伤痕累累的异想：“阿叔”总是在最危急困局里突然现身，几乎无条件地为他们“大脚解围”。难得这“另类神父”不说教，不收“三十六个六”，不要求任何回报——你信主也好，最好你忘掉，那么，任你再选一百次，任你再考虑一小时（或整整前半生），你大概再没有别的选择了，“阿叔”毫无疑问就是唯一选择——屋邨少年心目中的救世主化身。

也许，人成长到某个阶段，便自觉或不自觉地像《奇想之年》（*The Year of Magical Thinking*）的主角那样，一觉醒来，便忽而发现，一生的记忆原来只是短暂的幻觉，时间比什么都更残酷，原来激情（passion）的记忆终于都不免是一种悲情（pathos）——“奇想之年”亦即“悼亡之年”，而且“悼亡”就像一个已然逝去的年代，死者愈来愈多了，悼念愈来愈频密了，曾经在足球总会的记者室里一起玩十三张的伍晃荣音容宛在，一帧黑白照片里已经有两个死者了，2008是吴志雄——我做“八卦周刊”时最亲密的战友；刚走的，是林尚义——我们的“阿叔”。

已经记不起，“悼念之年”是在哪一天开始的？记忆里的美好时光有多少个片段，这样的黑白照片便有多少张——那是整个一个年代的永远的凝镜，足球与电台声浪、屋邨少年俗世救世主永远的memento mori。没事，“阿叔”一生做了别人三世的事，他无愧于生他育他的年代，只是他的远去，恰恰为一个朴素、躁动而充满想象的年代画上一个并不圆满的休止符。

29　梁羽生去矣，一个世代去矣！

梁羽生去矣，隐隐约约觉得，逝去的不仅仅是一位封笔逾 30 年的武侠小说家，还标志着一个徘徊于正邪之间的、充满理想主义氛围的世代，也正式寿终正寝了；尽管这样的一个世代早已奄奄一息，弥留多时，当中所牵涉的意识形态亦早已不合时宜了，然则翻阅斯人著作，集句而成悼诗，本意就是以梁羽生看梁羽生，思之更感惘然了。诗曰：“此身只合江湖老，经霜方显傲寒心。高山流水人何在，尚有幽香放上林。”

名士傲寒　魔女幽香

梁羽生笔下的英雄侠客总是经霜傲寒，高山流水，可是都不免“戴着镣铐跳舞”，或如罗立群在《中国武侠小说史》所言：他笔下的“英雄侠士成了正义、智慧、力量的化身，健全、理想的人格里激扬着民族之魂”；这些正派形象比之金庸小说里的“以邪辩正”，“以反言正”，以魔道反照名门正派的伪善，说来也真的有点不够痛快淋漓。

然而，梁羽生小说里的“女侠”倒是散发阵阵幽香，可没有卓一航、凌未风等“名士”那么“高、大、全”，那么“迂”，那么懦弱，那么优柔寡断。诸如白发魔女练霓裳，草原侠女飞红巾，满清闺秀纳兰明慧，江湖三女侠吕四娘、冯瑛、冯琳，复仇女神厉胜男，第一女帝武则天，第一才女上官婉儿，等等，俱以情深而凄惨的形象傲然独立于家国、正义、理想的另一端，爱憎分明，她们正是“尚有幽香放上林”的主要基因。

如此说来，梁羽生也不是不懂得形塑亦邪亦正、亦魔亦侠的边缘人物，只是笔下“名士”总是囿于家国与侠道僵固立场，并没有放手放心去写得大开大合；或者从另一角度看来，这些“名士”与“侠客”之所以在精神上自设枷锁，经年累月地“自我禁锢”乃至“精神残缺”，可能就因而彰显了一众魔女的敢作敢为，敢爱敢恨，从而在鲜有叛逆思维的庞然“侠影”里杀出一条精神上的血路。也许，前述的以梁羽生观梁羽生的集句悼诗，只有在“侠影”反照下，“魔女”的形象才可以见出真章。

话说本港的新派武侠小说发轫于20世纪50年代的左派报章，堪称异数。其时两岸报禁森严，言论都不免是政治挂帅，天天大字标题，根本没有正邪论辩的余地，哪里容得下亦正亦邪、荒诞通俗的所谓“新派武侠小说”？

这种在报章上连载的小说本质上就是小市民趣味，由连载而成租售的小册子，再合成大书，历半个世纪而不断重拍成电影和电视剧。这趣味历久不衰，大约就是半个世纪以来人心的反照，粗暴的政治宣传早已没有市场了，以“侠”为名的小说所寄寓的理想主义也早就烟消云散了。梁羽生式的“爱国主义教育”当然无法以任何形式借尸还魂了，剩下来的，也许就只有“娱乐至死”的电视剧，一蟹不如一蟹，愈拍便愈是趣味低俗，最新样本正是TVB正在播映的《鹿鼎记》。

梁羽生与金庸的武侠小说当然也不尽是“土法炮制”的，梁羽生的《笔花六照》收录了“与武侠小说的不解缘”一文，当中就说到《七剑下天山》的原型是伏尼契（Ethel Lilian Voynich）的《牛虻》（*The Gadfly*）：“我的第三部小说是1955年在《大公报》连载的《七剑下天山》，这部小说是受到英国女作家伏尼契的《牛虻》的影响的。牛虻是一个神父的私生子，后来成为革命党人，父子在狱中相会一节，非常感人。我把牛虻‘一分为二’，男主角凌未风是个反清志士，类似他的政治身份；女主角易兰珠是王妃的私生女，类似他的身世。”

如果困在罅隙的是个小童

梁羽生又说到《白发魔女传》主角玉罗刹，可窥见安娜·卡列尼娜“不能忍受上流社会的虚伪，敢于和它公开冲突的影子”；《云海玉弓缘》男主角金世遗，身上有约翰·克里斯朵夫“宁可与社会闹翻也要维持精神自由的影子”，女主角厉胜男，身上有卡门“不顾个人恩怨，要求个人自由的影子”。这些源自西方经典的“影子”可不管斯时的意识形态斗争，也不必奴颜婢色地揣摩上意，不必刻意取悦“阿爷”，在不自由的大气候里，尝试争取精神上的相对自由，说来真是一个教人心焉向往的世代——半个世纪以降，这种在朴素中追求繁富的精神力量已然消淡乃至消逝了。

然则梁羽生及其所处的世代所追求的理想主义是什么？长话短说，那是一种朴素的人道精神，想人之所想，苦人之所苦，在其时的大局限大艰困中时刻求变，无疑是一份难能可贵的时代精神。

走笔至此，忽然想起最近有一则新闻：一头名叫“黑妹”的唐狗被困在两间祠堂之间只有五英寸宽的罅隙，各方拯救四日，最后要替这头病狗打麻醉针，然后用绳索将它“监生”拖出来，它终于被“拖”死了。也许有人说：只是死了一头患病的唐狗。那么，如果被困在罅隙里的是一个人（比如说：一个小童）呢？

一个生物被困在两间祠堂之间只有五英寸宽的罅隙，仿佛就是一个寓言，这个寓言的处境是不是有点像现阶段香港的写照？读过破瓮救人的小学生，也该明白拯救被困唐狗的唯一办法，就是破墙。也许有人说：那是祠堂的墙呀，说破就破吗？那么还是要问：如果被困在罅隙里的是一个人（比如说：一个小童）呢？瓮可以破，墙何以不可以破？况且破墙可以复修，一条命（不管是狗命还是人命）没有了就没有了，这么浅显的道理，谁都懂，但谁都不敢做，谁都不敢拿定主意去做，这才真正是香港当前的大困局。

也许有人觉得救人才值得破祠堂的墙，救狗就不值得这样做，那不就是某种程度的贱视生命吗？人狗有别，那么，人也有贵贱的等级吗？无话可说了，只能再说一遍：半个世纪以降，梁羽生及其所处的世代所追求的理想主义，其实就是一种人道精神。这种在大局限大艰困中时刻求变的时代精神为什么早已失传了？

梁羽生有一篇文章谈“打油诗”，说“唐朝有个叫张打油，喜欢写浅俗的诗，曾有《咏雪》诗云：江山一笼统，井上黑窟窿。黄狗身上白，白狗身上肿”。他说的还不是“爱护动物”的精神，然而，如果懂得欣赏张打油的逸趣，懂得欣赏黄狗、白狗的野趣，大概就不会睁着眼去看一头狗被困罅隙四日，无计可施，或有计不施，看着它终于被“拖”死吧？

书目：

《中国武侠小说史》，罗立群

《笔花六照》，梁羽生

30 牛的反抗就是人的反抗

是大除夕了，随俗送鼠迎牛。话说子鼠开天，丑牛辟地，天地人间，万象可喜，真是韶华胜极，可终有一日开到荼蘼，由是天荒了，地老了，乾坤大挪移，就是这个世界大洗牌，本埠如是，中国如是，世界亦如是；子鼠丑年真是步步惊心，不必合指一算也知道险阻无数，然则一年容易，历尽大劫，正是蠢蠢重生之期，又是天地初开的景象了。

牛就是大地，就是养国之母

华夏以农立国，自古以来，牛就是一份只求耕耘的开创精神。神农氏（有说“神农”即“神龙”）何以种五谷呢？据《白虎通义》记载：“古之人民皆食兽禽肉，至于神农，人民众多，禽兽不足，于是神农因天之时，分地之利，制耒耜，教民劳作，神而化之，使民易之，故谓神农也。”人口繁衍，由牧而农，说来就是要让老百姓吃三餐饱饭。神农氏教老百姓辟地耕田，牛是最重要的生产力。《周易·说卦传》：“坤也者，地也，万物皆致养焉”，“坤为牛”，“坤，地也，故称乎母。”牛就是大地，就是养国之母。

但牛从不邀功，周代有官职叫做“牛人”，只是小官。《周礼·牛人》载：“牛人”这小官的任务是“掌养国之公牛，以待国之政令。凡祭祀，共其享牛、求牛，以授职人而刍之。凡宾客之事，共其牢礼积膳之牛；飨食、宾射，共其膳羞之牛；军事，共其槁牛；丧事，共其奠牛。凡会同、军旅、行役，共其兵车之牛与其牵旁，以载公任器。凡祭祀，共其牛牲之互与其盆簝以待事”。

古来牛的任务就是“养国”，“以待国之政令”，举凡一国的大事小事，都要用牛来拜祭。《礼记·王制》称：“祭天地之牛，角茧栗；宗庙之牛，角握；宾客之牛，角尺。”这是根据牛角厘定祭祀的等级，《大戴礼记·曾子天圆》：“ 诸侯之祭，牲牛，曰太牢；大夫之祭，牲羊，曰少牢；士之祭，牲特豕。”《白虎通德论·五祀》：“祭五祀，天子、诸侯以牛，卿、大夫以羊，因四时祭牲也。”牛是上等祭品，羊其次，猪又次之，可说来说去，还只是牺牲的等级。

是天劫，是地劫，也是人劫

牛的精神是“养国”，也是牺牲，失意的读书人便觉得人也是牛。柳宗元被贬永州，直书《牛赋》以自况：“日耕百亩，往来修直”，“输入官仓，已不适口。富穷饱饥，功用不有”。牛是好牛，柳宗元说它“皮角见用，肩尻莫保”；“由是观之，物无逾者”，“慎勿怨尤，以受多福”。世界的劫是天劫，是地劫，也是人劫，元稹的《田家词》借牛喻人，牛的惨况正是人的惨况，牛的反抗也是人的反抗：“牛咤咤，田确确，旱块敲牛蹄趵趵。种得官仓珠颗谷。六十年来兵簇簇，月月食粮车辘辘。一日官军收海服，驱牛驾车食牛肉。归来收得牛两角，重铸锄犁作斤斫。姑舂妇担去输官，输官不足归卖屋。愿官早胜仇早复。农死有儿牛有犊，誓不遣官军粮不足。”牛是好牛，民是顺民，可官是贪官，穷兵黩武而民不聊生，那该怎么办？牛不反抗，但官逼民反，人终会反抗。

世界的劫是天劫，是地劫，也是人劫，人间万劫，权力与腐化正是通向地狱的不归之路。是的，世有贪官，有兵乱，也有人祸，是以人也是牛。苏东坡《书柳子厚牛赋后》说“岭外俗皆恬杀牛”，“载牛渡海，百尾一舟。遇风不顺，渴饥相依以死者无数”，“病不饮药，但杀牛以祷，富者至杀十数牛。死者不复云，幸而不死，即归德于巫，以巫为医，以牛为药。间有饮药者，巫辄云神怒，病不可复治。亲戚皆却药，禁医不得入门，牛人皆死而后已”。这不是鲁迅的小说，也不仅仅是借古讽今的寓言，以牛自喻的是一代接一代的中国人，思之顿觉山河惨厉。

老子骑青牛：另一种反抗

牛真的不反抗吗？它是神话里的灵兽，王国维曾详考“河伯仆牛”，认为“仆牛”即“服牛”。上古有夔牛，说来真是惊天地，泣鬼神，牛都被神人驯服了吗？《山海经·大荒东经》载：夔牛生于东海流波山，“其状如牛，苍色无角，一足能走，出入水即风雨，目光如日月，其声如雷，名曰夔。黄帝杀之，取皮以冒鼓，声闻五百里”。《神魔志异·灵兽篇》说夔牛乃上古奇兽，“状如青牛，三足无角，吼声如雷。久居深海，三千年乃一出世，出世则风雨起，雷电作，世谓之雷神坐骑。”这是史前的牛，它不是不反抗，只是说故事的人害怕反抗，才以人的怯懦解说牛的驯服。

牛只是爱和平，气力都用于“养国”，骆宾王《代女道士王灵妃赠道士李荣诗》：“青牛紫气度灵关，尺素赩鳞去不还。连苔上砌无穷绿，修竹临坛几处斑。”青牛紫气就是仙家的隐逸生活，说来也应合了人间环保。这青牛正是老子出关所乘的牛，刘向《列仙传》说老子“后周德衰，乃乘青牛车去”，又说“老子西游，关令尹喜望见有紫气浮关，而老子果乘青牛而过也”。《太平御览》引《三一经》：“及老子度关，喜先诫官吏曰：若有翁乘青牛薄板车者，勿听过，止以白之……”老子骑青牛正是另一种精神反抗，以另一种态度向“后周德衰”说不。

不反抗的反抗

有人说这青牛是树精，《太平御览》“兽部”记：“山有大松，或千岁，其精变为青牛。”《史记·秦本纪》引《录异传》说：“公如其言伐树，断，中有一青牛出，走入丰水中。亦作彭侯、木精。”青牛属木，伐木而出青牛，牛就是大地山川，和平精神就是环境保育的精神。

“青”是春天，是木德，是东方，“青”与“牛”一体，说来就是谦和的东方哲学。谦和当然也不是不反抗，牛古称“怒特”，“怒”体健而奔，“特”是公牛，“泰山怒特，吴渚神牛”，《搜神记》、《列异传》等古书都有“怒特祠”的记载，供奉的正是牛神。中国人、印度人、波斯人奉牛即供奉大地与食粮。这世界闹粮荒，饥民无数，缺少的就是东方哲学里天地人三位一体的养育精神。

神农文化与耕牛息息相关，《国语·晋语》说：“昔少典娶有蟜氏，生黄帝、炎帝。黄帝以姬水成，炎帝以姜水成。”《帝王世纪》说：“神农氏，姜姓也，母曰任姒，有蟜氏女，名女登；为少典妇，游于华阳，有神龙首，感生炎帝。人身牛首，长于姜水。有圣德，以火得王，故号炎帝。”炎帝即神农氏，这个“牛头人”的子民以牛为图腾，这炎帝也像牛不反抗，可神农文化本质就是“不反抗的反抗”，终于还是要农民起义，皆因天荒了，地老了，反抗就是乾坤大挪移，就是这个世界大洗牌，历尽大劫，正是蠢蠢万象复生之期，又是天地初开的景象了。

31 拷问印度，也拷问世界

《一百万零一夜》*（*Slumdog Millionaire*）的本质也许就是一场拷问：来自贫民窟的Jamal，凭什么在奖金丰厚的电视问答游戏中答对了一道又一道的难题？凭什么过关斩将而成为百万富翁？节目主持人与警方仿佛就是向涉嫌作弊者拷问的强权，对了，他们似乎拷问对了，因为被拷问的对象是一个没有学识、出身贫寒的印度人。那么，如果他是一个中国人、埃及人、波斯人或墨西哥人呢？

* 内地译作《贫民窟里的百万富翁》。

以未知的地狱，交换已知的地狱

《一百万零一夜》改编自印度作家维卡斯·斯瓦鲁普（Vikas Swarup）的小说《Q & A》，小说主角本来名叫罗摩·穆罕默德·托马斯（Ram Muhammad Thomas），那是一个三合一的名字，混杂了印度教、伊斯兰教与基督教的意符和意指。那是一个背景庞杂的故事：同性恋、帮派与毒品、家庭暴力、乱伦、奸淫、疾病、巫蛊、抢劫、丑闻……还有奇情、间谍、笑与泪，在电影里可没有那么复杂，他只是叫 Jamal。

也许，印度这个古老国家的新兴城市准备好了，它准备以未知的地狱，来交换已知的地狱——那是谁的叙事观点？拷问一个印度人的方式和口吻，是否也适用于拷问中国人、埃及人、波斯人或墨西哥人，以及倾诉着贫穷记忆，又幻觉着脱贫想象的亚非拉人民？

看《一百万零一夜》的时候，那拷问的声音总是让我想起一套纪录片：印度西岸有一个面向阿拉伯海的海港，名叫阿朗（Alang），当地流行一句充满悲情、犹如咒语的民谚："每天一条船，每天一条命。"阿朗港有延绵数十公里、宽约一公里的海岸线，由于潮汐差幅够大，有利于拖船泊岸；沙滩够软，有利于承托凌空塌下的巨型钢材；人力够贱，日薪仅一至两美元。故此由三十多年前起，便逐渐成为远洋轮船全球最大的公墓——也许再没有什么比这样的场面更悲壮的了：一艘接一艘到了垂暮之年的巨轮，在完成了世界文明的历史任务之后，便悲壮地航向阿朗港，犹如知天命的老巨兽，一步一步地走向遍地残骸的乱葬岗，然后躺在染满残阳夕照的海岸线上，等待风媒焊枪的烈焰将它们一一肢解。那拷问的声音就像烈焰肢解老轮船的叹息，就像铁锤拷打钢板的呐喊。

这些老轮船都是世界文明的象征，却要走向极不文明的终极命运，船犹如此，人何以堪？也许可以这样说，《一百万零一夜》或《Q & A》所描述的新印度社会，何尝不是一艘被肢解的老轮船？阶级分明的种姓制度，残留的殖民统治文化，印度教、基督教与伊斯兰教交织而成的神秘面纱，最终会被拷问：这个文明古国如何跟国际社会接轨？宝莱坞（Bollywood）的电影传奇，新兴计算机软件王国，与乎遍布老去的文明残骸的轮船乱葬岗，原来就像一艘接一艘到了垂暮之年的破船，在日出与日落之间，东方与西方之间，交织出一个又一个既熟悉又陌生的印度，撞击出一阵又一阵的拷问。

你到底要自己相信什么？

《一百万零一夜》之后，印度会成为好莱坞的新宠儿吗？约翰尼·戴普（Johnny Depp）据说会开拍澳洲作家格里高利·大卫·罗伯兹（Gregory David Roberts）的小说《项塔兰》（*Shantaram*），李安将执导加拿大作家扬·马特尔（Yann Martal）的《少年 Pi 奇幻漂流》（*Life of Pi*），两者都是以印度或印度处境为题材的故事。

Pi 的故事是另一种对印度和印度人的拷问：Pi 的父亲是动物园的园长。甘地夫人（Indira Gandhi）执政后局势动荡，Pi 的父亲决定卖掉动物园，让 Pi 带着一头孟加拉虎、一头鬣狗、一头红毛猩猩、一头斑马，乘船去加拿大，可遇上海难，Pi 与几头动物在海上漂流，展开一段充满生命反思的历险记。他如何能让动物听话？如何能让它们知道那是生死关头？三个宗教的神明最终如何帮助他走出生存困境？这样的拷问其实已经持续了几千年，到了今天，还得要继续拷问下去。

Pi 其实是一个数学符号：π。虔诚的信仰与动物的常识为 Pi 揭开一页“创世记”，那是一段似真似幻的漂流旅程，长达 227 天，最后还是要向自己拷问：信仰到底是什么？我们渴望相信的到底是什么？

π 是一个数学符号，永远无法整除，永远留下除不尽的小数点，永远延续着早知结局的悬疑，这个数学符号仿佛就是对人生和历史永远的拷问，永远遭遇这样或那样的抉择，永远面临这样或那样的命运。在海难中死不去的 π，与他一起历险的动物，要拷问的，或许是古老文明的两个面向——信仰的理性与求生的兽性，两相抗衡，挣扎、协调、冲突、妥协，你相信哪一个版本？你到底要自己相信什么？到了最后，被拷问的可能只剩下你自己：只要是有生命的东西，多少都有点疯狂，所以就会做出很奇怪，而且有时无法解释的事情来。这种疯狂可以积蓄起来留待后用，因为这种疯狂也是适应能力的一部分，缺少了就没有一个物种可以存活下去。

精神救赎的天堂，拷问灵魂的地狱

印度人对生存的拷问，其实也适用于中国人、埃及人、波斯人或墨西哥人，以及永远倾诉着贫穷记忆，又永远幻觉着脱贫想象的亚非拉人民。我们也许不可能在一部电影、一本小说里便找到唯一的答案，只能在不同版本的故事里找到不同的答案。比如说，《项塔兰》里的项兰，意思就是“和平的人”，那是一本自传式小说。格里高利·罗伯兹笔下的澳洲人是个吸毒者、劫匪、犯人、逃犯、通缉犯、偷渡犯，他本来是大学里最年轻的哲学与文学讲师，他说：“我逃亡了大半个地球，才学会什么是爱，什么又是命运和抉择……”他说：“我曾是在海洛因中失去理想的革命分子，在犯罪中失去操守的哲学家，在重刑监狱中失去灵魂的诗人。”印度对他来说，就是一个精神救赎的天堂，也是一个拷问灵魂的地狱。

他来到孟买，意识到“这国家的毒品跟香烟一样普遍”。他说：“到孟买的第一天，我最先注意到的是那特殊的气味。在我踏上孟买的第一步，在逃出监狱、觉得世界无比新奇的那一刻，有股气味让我既兴奋又喜悦。如今我知道，那是与仇恨相反的希望所发出的甜美气味，令人感动的气味；那是与爱相反的贪婪所发出的酸腐气味，叫人透不过气的气味；那是众神、恶魔、帝国、复活与腐败的文明所散发的气味……那气味里弥漫着六千万只动物活动、睡觉与排泄的味道，其中过半是人和老鼠。那气味透着心碎，透着生存的辛苦奋斗，透着令人鼓起勇气的失败与爱。那是一万间餐馆，五千座神庙、圣祠、教堂、清真寺所发出的气味，是一百座专卖香水、香料、焚香、新鲜花朵的市集所发出的气味。”

一位矮小的男人站在他前面，一身肮脏，将吉他交还给他：“你的音乐，先生。你的音乐掉了，对不对？”这个外国人从口袋里抽出几张纸钞递给小个子，小个子笨拙地后退："不要钱。我们是来帮忙的，先生，欢迎光临印度！"他说完了，便小步跑开，然后消失于街道上的人群里。真的很想知道，这么美好的片段，会保留在浓缩的电影里吗?

非法护照经济学

也许《项塔兰》最扣人心弦的一章，是"非法护照经济学"——购买非法护照的顾客，主要有三大类，第一类是经济难民，也就是因为饥荒而被迫离开家园，或是为了过温饱的日子而远赴他国的人；第二类是政治难民，他们是战争的受害者，也是族群、宗教、种族冲突的受害者："有时，动乱是立法促成的：1984 年，英国决定于 13 年后将殖民地香港归还中国时，数千名未获承认为英国公民的香港人，一下子成为潜在客户。"第三类是从事非法活动的人："偶尔，这些人是和我同类的人，如偷窃犯、走私者、职业杀手等，需要新身份，逃避警方的追缉"，但在大部分情形下，他们是"独裁者、军事政变领袖、秘密警察，以及在个人罪行曝光或贪腐政权下台时，不得不潜逃出境的贪腐政权官员"。

故事发生在印度，但故事内容已经不限于印度人，也涉及中国人、埃及人、波斯人、墨西哥人，以及永远倾诉着贫穷记忆，又永远幻觉着脱贫想象的亚非拉的人民。

也许还有奈保尔（V. S. Naipaul）笔下那些生活在加勒比海岛屿的印度人故事，还有亚视的《寻找他乡的故事》，这些或多或少涉及

“非法护照经济学”的故事要拷问的，也许就是这世界的种种精神上的或现实人生的“叛变”，永远倾诉着贫穷记忆，又永远幻觉着脱贫想象。

书目：

《Q & A》（*Q & A*），维卡斯·斯 瓦鲁普（Vikas Swarup）
《项塔兰》（*Shantaram*），格里高利·罗伯兹（Gregory David Roberts）
《少年 Pi 奇幻漂流记》（*Life of Pi*），扬·马特尔（Yann Martal）

32　座头鲸与无比敌

迷途的座头鲸在本港水域游弋，与“卧底”Laughing 哥（谢天华）之死，忽而成为我们这个沉闷城市的热门话题，座头鲸能否回归大海？Laughing 哥能否死而复生？他们能否像广州一家食肆的一条濒临被生劏的护士鲨那么好运，被运送到水族馆，终于逃出生天？或者正如林海峰所言：“香港人好团结，唔止要救关楚耀，仲要救座头鲸，又有出生入死嘅汇丰，仲有Laughing哥。”救鲸、救鲨、救人、救市，一连串貌似团结的拯救行动意味着什么？会不会只是反映了港人期待拯救的集体意识？

拯救行动与“约拿情结”

在经济低迷、人人祈求自救的时刻，迷途而误闯本港水域的座头鲸，忽而掀起一阵护鲸、救鲸、观鲸（等于杀鲸）的噪嚷，仿佛就是一个有待解码的启示。如果真的像林海峰所说的“好团结”，集体祈求救鲸，救鲨，救人，救市，那么，或多或少都反映出港人的“约拿情结”（Jonah complex）——那是一种复杂的情绪，不知不觉地反映了既渴望成功，却惧怕失败，更惧怕责任的集体心理。

《圣经·约拿书》说，耶和华派遣约拿到尼尼微城“宣旨”，约拿抗命，逃往大海，被耶和华安排的一条大鱼（有说是鲸鱼，有说是巨鲨）吞掉，在鱼腹中度过三日三夜。约拿祷告忏悔，耶和华于是指令大鱼把他吐在陆地上，约拿在大海和陆地、逃避与死亡之间复活了——约拿的心路历程，在心理学家马斯洛（Abraham Maslow）看来，正是人性中的“约拿情结”。人类总是畏惧自己的职责，企图逃避生命的使命——每一个人都是约拿，在心理上，一方面有着追求成功的冲动，另一方面，又惧怕以至逃避自己的成长，以及成长的责任。

也许，逃避和恐惧是由于对未来的无知。一场金融海啸淹没了很多人的财富梦，但现实世界很残酷，没有万能的救世主，人人自危，人人都是迷途的座头鲸，都是茫茫大海里的一座活生生的孤岛，谁都不能告诉你哪一条才是生路，谁都救不了关楚耀，救不了出生入死的汇丰。也许，只好寄望于悲壮地殉职的 Laughing 哥了，那就将剧情改写吧，好让 Laughing 哥得以复活。

“无比敌”与全球化经济

但鲸鱼的生态环境不是电视剧，残酷的全球化经济也不是电视剧，可我们也不必因惧怕而逃避。面对迷途的座头鲸，我们其实已经没有一百多年前那么无知了，我想起史上最著名的一本以鲸及捕鲸为题材的小说——赫尔曼·梅尔维尔（Herman Meville）发表于1851年的《白鲸记》（*Moby Dick*，一译作《无比敌》），这本书告诉我们：“国王或者女王在加冕时所用的头油，必须出之于自然，未受污染未加人工、最高尚最纯洁，那就只有抹香鲸油了”；那是一个流行捕鲸、杀鲸的时代，“无比敌”被渲染为杀人无数的海上妖魔；那是一个英雄主义的时代，捕鲸人的英雄感其实就是比之“无比敌”更具魔性的无知。

赫尔曼·梅尔维尔笔下的“无比敌”真的是海上妖魔，它移动时像一座雪山，要饮干人血方可止渴，它无所不在，它是在相同的时间内出现于不同的经纬度的白鲸。水手以讹传讹，把它描述为狡猾而邪恶的巨大幽灵，捕鲸于是或为那个无知的时代最亡命的行业，但没有多少人会问：“无比敌”是否真实存在？或是仅存在于19世纪？“无比敌”就是一个无知的谜，没有人见过它的真身，它的传说却无止境地谣传下去。如此说来，“无比敌”跟我们的全球化经济大时代岂不是有几分似曾相识吗？

也许，今天港人全部的恐惧都不免跟经济金融的“无比敌”相关，我们不是听过无数的“无比敌”传说吗？但我们却从来没亲眼见过“无比敌”的真身，我们曾经单凭传说便跻身于英雄主义的既贪婪又恐惧的“捕鲸者”行列吗？

一百多年前的捕鲸幸存者说：“如果我的生命中还有什么闪光之处的话；如果我在这个纷纷攘攘的世界上还配有一点我并不追求的名望的话；如果我还为人类做了一点有益的事情的话……在我的抽屉里还能找到一部什么手稿的话，那么所有的这一切都应归功于捕鲸业！”他说“捕鲸船就是我的哈佛大学”，“捕鲸船就是我的耶鲁大学”，他到底从中学到了什么？

摆脱无知，远离无知

“无比敌”的故事到今天还是很有教益的，赫尔曼·梅尔维尔告诉世人：

“我们已经讲了很多关于鲸的解剖方面的事，所以我们都知道，一只鲸去掉了头，再去掉尾，还能剩下什么？”

“就像是一只苹果，一分两半儿，左手的一半儿给了国王，右手的一半儿给了王后，剩下的是捕鲸人的。”

对了，“鬼才知道捕鲸人手里还有什么”。在什么也没有了的时候，港人刚好遇上一条因迷途而闯境的座头鲸，在救鲸的呼声里也许还听到“救我”的微弱祷告吧？

幸好赫尔曼·梅尔维尔早就告诉世人：大自然的力量终究远胜于人类。但我们跟迷途的座头鲸一样，活在重重围困的“石屎森林”，也许只能重新学习《白鲸记》传达的某些信念，比如说，人类的生活应该顺应自然规律。

真的，这世上从来没有救世主，人只能自救，巨鲸“无比敌”不是邪灵，捕鲸者不是战胜邪灵的英雄，到了什么也没有、两败俱伤的地步，我们得到的唯一教训也许就是摆脱无知，远离无知，我们终于明白了，迷途的座头鲸并不是传说中的“无比敌”。

书目：

《白鲸记》（*Moby Dick*），赫尔曼·梅尔维尔（Herman Melville）

33　客厅战争　谁主浮沉

近日最轰动的电视肥皂剧大概还不是《珠光宝气》，而是亚视的“十二日维新运动”，可惜这套实况肥皂剧不是在电视播出，只是占据了印刷媒体的主要篇幅。这错置的轰动效应对累积亏损高达 50 亿元（根据张永霖的估计）的亚视并无任何裨益。12 日也真是太短暂了，电视观众看够了电视机外的热闹，便回到电视剧集的世界，继续边看边议论康家三姊妹（邵美琪、黎姿、蔡少芬）、贺家两父子（岳华、陈豪）与高长胜（林保怡）错综复杂的感情及伦理关系，以及似有影射之嫌的富豪们尔虞我诈、没完没了的连场斗争……

观众也是参战一分子

也许，充满斗争的无线剧集《珠光宝气》和亚视“十二日维新运动”真人骚，其实都是文化研究学者洪美恩（Ien Ang）笔下的《客厅的战争》(*Living Room Wars*)。所谓“战争”，一方面是指家庭观众在客厅的电视机前面旁观剧中人（及幕后人员）的明争暗斗，另一方面，则指向家庭观众原来也是参战一分子，是他们手上的遥控器决定了选看什么，他们的取舍决定了收视率的高低、艺员的知名度以及广告费的流向。

“客厅的战争”原指越战，那是第一场以电视转播的战争，其后战争场面惹起强烈的反战情绪，更启动了波澜壮阔的反战运动。在爪哇出生、在荷兰留学、在澳洲做研究的洪美恩将“客厅的战争”重新界定为观众在媒体担当什么角色的研究课题，此书副题就是“重新思考后现代世界的媒体观众”(Rethinking Media Audiences for a Postmodern World)。洪美恩指出，要是不深入解构观众的性别、身份、趣味和角色，就永远不可能看清楚媒体观众的精神面貌，更不可能认识媒体的本质。

洪美恩深入分析了两种电视模式：一种是西欧的服务模式，将观众当作公民，关心的是政治——观众究竟要认识什么；另一种是美国的商业模式，将观众当作消费者，关心的是经济——观众究竟要消费什么。按此分析，《珠光宝气》一如《溏心风暴》、《家好月圆》、《风云岁月》，毫无疑问，正是美国模式，也就是将观众当作消费者。

疑似错乱的伦理关系

错综复杂的两性关系和尔虞我诈的商业斗争是电视剧集的两大元素，从 20 世纪 80 年代起，美国的《豪门恩怨》(*Dallas*)、亚视的《鳄鱼泪》乃至无线的《风云岁月》，基本上不脱这套模式。《珠光宝气》在这方面显然并无新意，可这套据称“落重本”的剧集一如较早时的《家好月圆》，以貌近错乱的伦理关系制造话题——

康家三妹（蔡少芬）嫁给贺家的父亲（岳华），康家二妹（黎姿）嫁给康家的儿子（陈豪），两对夫妇各有两个亲属身份，以师奶为主的观众边看边叫“乱龙”、“咁都得”。

这真实重施故技——《家好月圆》的七兄弟姊妹有两对情侣，一对是大哥（陈豪）与“攞女”（杨怡），另一对是二哥（林峰）与不同父不同母（后母与前夫所生）的妹妹（钟嘉欣），也是以师奶为主的观众边喊“黐线”、“撞鬼”。

说了算的“一言堂”

贩卖的就是如此这般的疑似错乱的伦理关系，当然，《珠光宝气》还有隐约而朦胧的同性暗恋——游日东（黄德斌）暗恋高长胜（林保怡)，《珠光宝气》似乎就是要挑战妇女观众的伦理底线。

肥皂剧研究在 20 世纪八九十年代曾掀起热潮，坊间有大量此类著作，荷柏森（Dorothy Hobson）的《肥皂剧》(*Soap Opera*）将电视剧集界定为“传播作为消费”重要的一环。据她分析，肥皂剧的混杂变种意味着深层的人际关系出现了变化，即使是劳工阶层的英国妇女对剧情也不会无条件全盘接受，而且会将剧情当作现实事件那样深入讨论。如此说来，《珠光宝气》一如《家好月圆》，当中近乎错乱的伦理关系，就是专供妇女观众讨论的话题，情况就如十多年前的《大时代》，丁蟹（郑少秋）全盘落败，将四个儿子掟落街。

也不知道跟人口老化有多大关系，无线近年剧集都以李司棋、汪明荃、关菊英、米雪等“妈咪级”女艺员担演，其中又以李司棋和汪明荃的“母权形象”较突出。李司棋是“大契”（《溏心风暴》），是“荷妈”（《家好月圆》），是康家三姊妹的母亲大人（《珠光宝气》）；汪明荃是现代的“野蛮奶奶”，也是民初的名门夫人（《东山飘雨西关晴》）。这些角色都像《季节》的“妈打”（邓碧云），是说了算的“一言堂”，因为她们的男人（夏雨、郭锋）都很窝囊。

这些角色都符合了格拉迪（Christine Geraghty）所论述的“电视剧女权”。格拉迪是英国媒介、传播与文化研究协会主席，她搜集了大量英美肥皂剧的剧本，详加分析，写成《女性与肥皂剧》（*Women and Soap Opera*）一书，她认定肥皂剧具有某种颠覆意涵，剧中的女性（尤其是母亲）常被赋予特殊的权力，往往是一个家庭的核心，父亲的角色反而是怯懦无力的，或者是外强中干的。为什么英美肥皂剧跟港剧在角色设计上如出一辙呢？格拉迪认为那是为了取悦女性——很多研究都指出：女性（尤其是母亲）往往是手执遥控器的选台决策人。

全球流动的文化霸权

无线的电视剧无疑是美国的商业模式，将观众当作消费者，关心的是经济，几乎每套剧都有广告赞助商，剧情也跟赞助商的商品有关，由床褥到珠宝，由月饼到汽车，观众看剧的同时看广告。根据印度裔学者阿巴杜雷（Arjun Appadurai）的分析，那是全球化语境下的必然产物，亦即几乎无处不在的“电子殖民”的结果。

阿巴杜雷在《总体现代性：全球化的文化面向》（*Modernity at Large：Cultural Dimensions of Globalization*）一书中指出，大众媒体与不断迁移的受众之间的互动关系，界定了全球化与现代性之间的联系的核心内容；现代时尚广告的惯见手法，是将消费者赶上即将成为过去的潮流列车。原产于美国的“电子艺术”，早已席卷全球，再经由第三世界大规模“本土化复制”，几乎无处不在的“电子殖民”，不仅持续诱惑全球“电子艺术”的子民确认了西方“民族想象共同体”，更催生了不断在全球流动的文化霸权。

毫无疑问，亚视要再来一次“千帆并举”，机会很微，因为谁掌握了这套文化霸权的游戏规则，谁就是大赢家。

书目：

《客厅的战争》（*Living Room Wars*），洪美恩（Ien Ang）

《肥皂剧》（*Soap Opera*），荷柏森（Dorothy Hobson）

《女性与肥皂剧》（*Women and Soap Opera*），格拉迪（Christine Geraghty）

《总体现代性：全球化的文化面向》（*Modernity at Large: Cultural Dimensions of Globalization*），阿巴杜雷（Arjun Appadurai）

34 军队有枪，只为屠杀平民？

缅甸爆发西方媒体所说的“袈裟革命”，备受国民尊重的僧侣加入抗议行列，军警公然向示威者开枪，滥杀无辜，日本摄影记者长井健司中弹身亡。国际社会对血腥暴行严厉谴责有之，促使中国与印度向缅军政府施压有之；至周五执笔时，缅甸军人已连续三日射杀示威者，伤亡数以百计，并封锁互联网，大举搜查寺院，在光天化日之下关门镇压，赤裸裸地重演1988年的血洗街头（据说在武力镇压下，当年在仰光和曼德拉，逾3000人被杀）——当我们发觉电视新闻播放的并不是战争片，而是一场近在眼前的屠杀，除了悲愤，还可以做些什么？

也许可以做的事真的不多，但也不是完全无事可为。即使是周边大国的领导人，也不可能直接向缅军政府施压。影响力是一回事，外交是另一回事，面对国际关系的大形势，大是大非顶多只是“口惠”，一点也不实际。外交之道，最实际的恐怕还是“必有利于吾国乎”的考量。

“何必曰利？亦有仁义而已矣。”在今天，这说法大概会被讥为“书生之见”，然则我们的邻人为了要当自己的主人，向没有眼睛、插不下一朵花的枪管说“不”，连性命也豁出去了，难道我们这些只读过几本书的人还怕被讥笑么？

尊重僧侣，也尊重诗人

其实只是想说，读书，比如说，读一些缅甸人谈民主和自由的书，诸如昂山素季的《免于恐惧的自由及其他》(*Freedom from Fear and Other Writings*)，读一些缅甸诗人如吴丁模（Saya Gyi U Tin Moe）的抗议诗，对这个近邻的想法多了解一些，或者因而可多关怀一些，对身陷水深火热的邻人，未尝不是一种精神上的支持。

缅甸人尊重僧侣，也尊重诗人。僧侣和诗人都爱和平，都反对极权——话说数日前，在仰光，有一名老僧参与集会，他高举的不是昂山素季的画像，画像中人是个男人——他就是国师级诗人德钦哥德迈(Thakhin Kodaw Hmaing)。老僧有70多岁了，他对民众说：贫僧刚出狱不久，再关他一千年也不怕。手持诗人画像去示威，缅甸人真不简单。

诗人德钦哥德迈也是民主斗士，他在20世纪50年代初获斯大林和平奖，跟昂山素季的父亲德钦昂山都是“反法西斯人民自由同盟”的创办成员。“德钦”是尊称，不是姓名，犹如英国人所说的Sir，“反法西斯人民自由同盟”有很多“德钦”，故又称“德钦党”。

缅甸诗人都没有洁癖，并不回避政治，除了组织政党的德钦哥德迈，还有长期陷狱、生死未卜的老诗人兼老报人吴文丁（U Win Tin)、流亡海外的诗人吴丁模——其实吴（U）也不是姓（缅甸人有名无姓)，乃冠于男性名字之前的称号。

“骠国献乐”与“音乐外交”

缅甸的左邻是印度，右里是中国，自古以来都深受中印两国的文化影响。缅甸音乐很有特色，早在唐代，便向大唐皇帝献乐，那是一次非常成功的“音乐外交”，史称“骠国献乐”。翻开《新唐书·南蛮下》，便知道唐德宗贞元年间，骠国王“雍羌亦遣弟悉利移城主舒难陀献其国乐，至成都，韦皋复谱次其声。以其舞容、乐器异常，乃图画以献”。《唐会要》的“骠国”条也说“贞元十八年（公元802年）春正月，南诏使来朝，骠国王始遣其弟悉利移来朝”。南诏乃位于云南的古国，引荐骠国献乐，是为了表示对唐朝的忠心。

邻人献乐，国人赋诗，中缅有历史悠久的诗乐邦交——有白居易的《骠国乐》为证：“骠国乐，骠国乐，出自大海西南角……闻君政化甚圣明，欲感人心致太平。感人在近不在远，太平由实非由声。观身理国国可济，君如心兮民如体。体生疾苦心憯凄，民得和平君恺悌。贞元之民若未安，骠乐虽闻君不叹。贞元之民苟无病，骠乐不来君亦圣。骠乐骠乐徒喧喧，不如闻此刍荛言。”由礼乐说到太平，说来倒是“何必曰利？亦有仁义而已矣”的最佳诠释。

骠国献乐的代表团有数十位音乐家，他们到达唐都长安，在唐宫御前表演，受到唐德宗和文武官员的赞赏。骠国音乐富于浪漫色彩，典雅迷人，还有歌唱和舞蹈，教白居易等知识分子为之倾倒。骠国音乐家御前演出的其中一件很有特色的乐器，就是著名的缅甸竖琴。

到缅甸旅游，到处都可见到一本书——日本作家竹山道雄的小说

《缅甸竖琴》，那是供游客消闲的英译本。由此可见，这本曾搬上银幕的小说早已深入人心，几乎成为缅甸的象征了。缅甸竖琴在唐代被称为“凤首箜篌”，这件乐器的造型很美，外形像一把弓，弯曲琴颈顶端翘起，有金色的菩提树叶装饰，琴的共鸣体用木头雕成，形状像一条船，铺上红色的鹿皮，四周饰以金色的波浪形花纹，琴颈上有红色饰带和穗子，非常精致典雅。

竖琴有 13 根至 16 根弦线，按五声音阶定音，音色清新雅致，娓娓动听，所以演奏大师有“天上的音乐家”的美誉。其实竖琴也不是缅甸人发明的，这种乐器起源于古埃及或美索不达米亚，在古埃及和古希腊的版画中，也常常见到竖琴，它辗转经过阿拉伯、伊朗、印度（或印度尼西亚）传入缅甸。其后由于战火，世界各地的竖琴大多失传，只有在缅甸得以保存，并将它发扬光大，成为缅甸的“国乐”；音乐史家都认为那是奇迹。

人民如今都是赤贫者

吴丁模因参与 1988 年由昂山素季号召的民主大游行，30 多本著作被禁，他逃往泰国，再流亡海外。逝世时，在加拿大、挪威、印度、荷兰、日本都有悼念会。他的诗有不少英译，有心人在 You Tube 上载了他的诗稿、讲话、朗诵和悼念的短片，只是大多只有几十次至二三百次的观看记录，可能是除了爱诗的缅甸人，没有多少人认识他吧。

他有一首诗，题为《人民如今都是赤贫者》，对麻木不仁的缅甸军政府作出深刻的嘲讽：

僧侣如今都是乞丐
无赖都是妖魔
武器事关重大
武器是至高无上的
武器统治一切——那就是军国主义

让你在此
和平静坐
在一个欧洲的超级市场
是安全得多了
远离所有的不幸
名望生长出折了一百万次的衣纸
以及菩萨弘扬的名字
请不要感到难过

连同缅甸军人的所有罪行
菩萨永远不会出狱
永远都会陷于烦恼
这才教你真正难过

对不起，

尊贵的先生！

不要以为像我这样无知的人

要给你什么教训

我的想法如此

只因我的国家有那么多世俗的信徒

已经白白牺牲了

给你担枷上锁又如何？

吴丁模的《遇见菩萨》，写的大概是1988年的军事血腥镇压，读来却疑是今日缅甸的写照：

也不见得有什么特别——

即使我这个非常菩萨

在欧洲这里

跟其他古董

让他们一起拍卖

他们对生意总有锐利的目光——

菩萨问道：

是什么风把你吹来这里？

你可能对此一无所知

但如果你身在缅甸

您肯定会接受
各种各样的尊敬
可是
诉说唯一的谎言和宣扬唯一的谬误
你的神圣会惊叹:“菩萨!”
然后便逃跑得老远

到处散播谎话
在一次又一次的轮回
你厌倦了自己的诞生
那是暴露于全世界的丑闻
将军们发号施令
做尽辱国的勾当
要是他们捆缚你的手脚
给你担枷上锁又如何?

这些野蛮而浮躁的家伙
根本不知何谓事实
他们怎会遵守诺言
五花八门的谎言
从他们愚蠢的嘴巴涌出
以他们幼稚的思路
他们对国家毫不尊敬

他们真是太肮脏了

军队存在只为迫害
奉承他们的老百姓
迫使老百姓替他们把剑磨尖
这是谋财害命的神棍的避风港
流氓的领袖
奈温的军队
只懂得开火和欺诈

缅甸本是个诗乐之邦，给军政府不可理喻的枪火轰得血泪斑斑，这样的诗大概不仅仅为平民而写，合该也为执政者而写——要是执政者也读诗，也学懂诗教，也懂得“欲感人心致太平”，平民的血才不算白流。

35　当军阀尊称昂山素季为姑姑

缅甸官方电视台终于改变了对昂山素季的称呼，不再贬称她为“嫁给外国人的傀儡”，反而尊称她为“昂山素季姑姑”（Daw Aung San Suu Kyi）。缅甸人民都称昂山素季为Daw，既尊重，又亲昵，军政府控制的媒体竟然学平民口吻，姑姑前，姑姑后，真是“姑前姑后三分险”了。

官腔忽然变调，其实只是“向钱看”——电视台引述军政府首脑丹瑞（Than Shwe）向联合国特使甘巴里（Ibrahim Gambari）放话，声称将会以个人身份与昂山素季会晤，条件是昂山必须放弃敌对立场，不要再向国际社会呼吁对缅甸作出经济及其他制裁。

“袈裟革命”与“饥民起义”

几乎可以肯定，“姑姑”不吃这一套，打从她在1988年3月决定回国探望病危的母亲，便从没打算与强权妥协。

缅甸这一波革命怒潮，始于2007年2月。当时燃料价格涨了两倍，交通费与物价随之急涨，民不聊生，起初约有30人上街游行，此后示威活动一浪接一浪，同年8月油价续涨，民怨愈见沸腾。缅甸大部分国民日薪不逾1美元，自己也吃不饱，何来余粮给僧侣布施？僧侣于是也上街了——所谓“袈裟革命”，说穿了，其实是军政府经济政策失误所挑起的“饥民起义”。

此所以军政府最害怕的，必然是经济制裁——据报光是玉石拍卖，每年便为军政府带来7亿至8亿美元进账，“姑姑”才不会让军政府打响这个“如意算盘”。

她不会让人民失望

昂山素季的英国籍丈夫阿里斯（Michael Aris）在1999年患癌症逝世，临终前想念被软禁的妻子，写了一篇题为“掌握缅甸未来的女人”的文章，这封“乱世情书”很感人，当中有些段落说明了“姑姑”回国乃至救国的决心：

“最近我重读她在我们结婚八个月前寄给我的信件。她不断提醒我终有一日她将返回缅甸；说如果人民需要她，她不会让他们失望”，

“当她第一次在诗达光塔举行的群众大会上发表演说时，亚历山大、金（按：即他俩的两个儿子）和我就在她身后。尽管进行的是激昂的政治运动，她却不曾失去爱与关怀。虽然我与她结婚二十年，但却不了解她是如何平均分配时间去献身给革命志业、照顾病重的母亲和领导民主人权的斗争。”

军政府为何撤往山区？

近日传媒都说缅甸示威浪潮“平静”下来了，谁都知道那只是在枪杆子镇压下的表面“平静”，老百姓的吃饭问题未解决，人民当家做主的大问题更有待解决，那就不可能就此“平静”下去。2007 年 5 月，网站出现了一篇不寻常的文篇，对缅甸迁都至中部山区内比都颇有微词，此文不久便被删除，不免惹人猜测。孤立的军政府撤往远离闹市、宁静得莫名其妙的山区，原因很多，包括好大喜功、安全疑虑，等等，但最主要的一点，就是他们希望远离仰光，那便看不见也听不见老百姓抗议的怒吼，只要新都平安无事，仿佛就加强了掌权者的安全感。如此说来，更突显了政局的不平静。

缅甸军政府其实腹背受敌，散布全国的少数民族时刻都在闹革命。自 1948 年独立以来，民族问题一直是埋藏在缅甸每一个角落的定时炸弹，约有 20 个人口较多的少数民族都组织了武装部队，与军政府长期对抗；掸邦与克伦族在缅甸独立前拥有自治的领土，故此武装斗争至为激烈，独立的呼声也是无法遏止的，只是军政府封锁新闻，外地媒体鞭长莫及，外界很少听闻他们的消息。军政府避走中部山区，大概也跟少数民族的武装反抗有关。

阿里斯与昂山素季这对异国夫妻的共同敌人，肯定也是军政府。阿里斯为妻子而写的文章提到一本书："1990 年 7 月 17 日，我接获素季的最后一封信，她要求我寄上印度文学经典——《拉玛雅纳》(*Ramayana*)。"这部史诗相传为公元前 3 世纪的诗人华米基（Valmiki）所著，共七卷，24000 句，48000 行，记述阿育德哈王国的王子拉玛（Rama）被放逐和复国的故事。"姑姑"要读这部史诗，想必是希望从中汲取精神力量吧——倘如是，那就一定是一种精神解放的力量，她对和平革命的信仰源自印度圣雄甘地，所以她在《免于恐惧的自由》有此名言："全人类都需要自由和安全感，以确认他们全部的潜能。"

谁能质疑她的爱和勇气？

读《免于恐惧的自由》，可以看出"姑姑"年轻时最关心的，也许还不是政治和革命，而是缅甸语言、文化的困境和出路。她认为缅甸一如印度，传统文化早已失去活力，另一方面又深受西方文学和文化的冲击，还有印刷和报章的广泛传播，创造了新的阅读人口，以及新的知识领域。如何在传统与现代之间寻找适当的出路，正是她年轻时经常思考的问题。可是她被软禁多年，几乎与世隔绝，思想起了什么变化不得而知，"和平革命"无疑是崇高的理想，但恐怕不是唯一的解放之路了。

或者正如其后与她失去联络的丈夫所言，她有一颗充满爱和勇气的心灵，才使她得以安然度过与世隔绝的漫长岁月："直到 1991 年，昂山素季获得诺贝尔和平奖时，已经被软禁三年。缅甸军政府开出释放素季的条件：她必须永远流亡海外。不过我知道素季必定会坚持她选择的道路，不管将付出多少代价。我恳切希望诺贝尔奖能够协助素季完成使命：以对话来达成缅甸的永久和平"；"经过这些年的煎熬，素季的智慧和美丽依然超越了她所承受的痛苦。谁还能够再质疑她的爱和勇气呢？"

书目：

《免于恐惧的自由及其他》(*Freedom from Fear and Other Writings*)，昂山素季(Aung San Suu Kyi)

36 腐败的不是权力而是恐惧

昂山素季被缅甸军阀长期软禁，五年期满，又要延期一年，起初听到这消息，不免愤怒，可想深一层，就明白愤怒是没用的，缅甸军阀根本不可理喻，他们胆敢公然将水深火热的人民当作人质，以人道精神作为跟国际社会讨价还价的筹码，早已无耻至极，还可以跟他们讲什么道理？然而，可以肯定的是，昂山素季姑姑不怕军阀，倒是军阀怕她，正如她在《免于恐惧的自由》（*Freedom From Fear*）中所言：导致腐败的不是权力而是恐惧（It is not power that corrupts but fear）。掌权者恐惧丧失权力，而无权者恐惧权力，都导致了腐败……

在“国难”面前

缅甸军阀的确很腐败，那么，其他国家呢？我们必须拿出勇气，在“国难”面前，理性面对腐败，绝对不能因为痛恨大腐败而无视于没有那么严重的腐败。

可以想象，昂山素季不会妥协，也不会离开缅甸，而虚怯的军阀也不敢让她公开发言，不敢让她走向群众，那么，她继续软禁，似乎是她与军阀唯一的选择。可以想象，姑姑被软禁期间，可以优雅地弹弹钢琴，写一点诗，可心中却有一个很嘹亮的声音：历史不容永远的暴政。她被软禁，被隔离，是因为躲在深山的缅甸军阀害怕她的声音，害怕她对人民的影响力，她表面上失去自由，心中却闪亮着“免于恐惧的自由”——那是对抗腐败官僚最有力的武器。

缅甸军阀太无耻了，在汶川大地震未发生之前，缅甸发生了巨大风灾，灾民命悬一线，简直是哀鸿遍野，在汶川大地震的救灾工作进行得如火如荼之际，缅甸灾民依然孤立无援，依然被当作掌权者的筹码；与此同时，我们更痛恨罔顾人民生死的腐败官员，更痛恨腐败的权力，因为我们像昂山素季姑姑那样看穿了真相：导致腐败的不是权力而是恐惧，只有免于恐惧，才可以勇于反对一切贪腐，再没有国界和程度之分。

在无声的土地上

昂山姑姑有一首诗，叫做《在无声的土地上》(*In the Quiet Land*)。

In the Quiet Land, no one can tell
if there's someone who's listening
for secrets they can sell
The informers are paid in the blood of the land
and no one dares speak what the tyrants won't stand

在无声的土地上，无人能证实
究竟是否有人在窃听
他们可出售的秘密
血染大地是告密者得到的报酬
无人敢于直说独裁者脚步虚浮

In the quiet land of Burma
no one laughs and no one thinks out loud
In the quiet land of Burma
you can hear it in the silence of the crowd

在缅甸无声的土地上
没有人笑也没人响亮地思想
在缅甸无声的土地上
你只听见群众静默的苍凉

In the Quiet Land, no one can say
When the soldiers are coming
To carry them away
…… the French want the oil
The Thais take the timber; and SLORC takes the spoils...

在无声的土地上，无人可说
当军队杀到
把他们带走……
法国人需要石油
泰国人拿走木材；而法建委员升官发财……

In the Quiet Land……
In the Quiet Land, no one can hear
What is silenced by murder
And covered up with fear
But, despite what is forced, freedom's a sound

That liars can't fake and no shouting can drown

在无声的土地上……

在无声的土地上，无人可听见

被杀戮的寂静

以及惶恐里的隐瞒

但，在镇压下，自由是唯一的声音

教撒谎者无以欺骗，呐喊无所掩藏

缅甸是一面镜子

诗中的SLORC，是缅甸国家法律与秩序重建委员会的英文缩写。缅甸是无声的土地，那么我们周围的其他国家和地区呢？

昂山素季姑姑不怕软禁，她说："勇气来自惯性地拒绝唯命是从。勇气可以被描述为'压力下的优雅'（grace under pressure）——所谓优雅就是面对残酷、持续的压力不断地更新自己。"她说："人民愈来愈渴望，要有一个制度，将他们由'吃饭的机械人'提升为'真正的人'——在人权的保障下，能够自由思考。"她说："学生们不仅仅抗议同志们的死亡，而且还对否认他们生活的权力、剥夺生活的意义与未来希望的极权提出抗议……"所以，我们无惧于在"国难"面前，照样反对一切贪腐，一定不能让贪腐恶化下去。

书目：

《免于恐惧的自由及其他》(*Freedom from Fear and Other Writings*)，昂山素季(Aung San Suu Kyi)

37 亚洲解殖强人的女儿们

——从贝娜齐尔*说起

近些日子，久违了的贝娜齐尔（Benazir Bhutto）再次成为新闻人物，看见她在电视新闻上亮相，总是想起昂山素季，那是因为：这两个女子的身世大同小异——她们都是“解殖”后成长的一代，都活在军权统治的国度，幸或不幸，她们的父亲都是政坛上有头有面的大人物，都让她们到英国或美国接受教育。她们对西方民主目染耳濡，因而自觉或不自觉、自愿或非自愿地走上了一条“不准调头”的不归路。

这两个女子都要跟军权打交道，都坐过牢——那当然是“政治监狱”。也许，她们的唯一区别只在于性格与命运：贝娜齐尔当过两任巴基斯坦总理，还准备当第三任——那得要跟军权妥协，达致所谓“分享权力”；至于昂山素季，尽管曾在缅甸大选赢得漂亮，理应像贝娜齐尔那样成为国家总理，但军政府输打赢要，拒绝交出权力，还将她长期软禁，她倒不肯像贝娜齐尔那样善于跟军权讨价还价。

* 内地通译为“贝·布托”。2007 年 12 月 27 日贝·布托遭遇自杀式炸弹袭击而身亡。

她们身上的“解殖魔咒”

如此说来，她们其实是典型的亚洲女性政治家——有类似身世和经验的，大概还有印度的甘地夫人（Indira Gandhi）和印度尼西亚的梅加瓦蒂（Megawati Sukarnoputri）。由于她们的父亲都是赫赫有名的人民英雄，大概可以这样说吧：不是她们刻意去蹚政治的浑水，倒是政治的无形之手，不断敲这些女子的门——

昂山素季的父亲昂山将军（Aung San）是缅甸民族独立运动的革命英雄，1947 年被政敌暗杀，缅甸人民尊称他为缅甸国父。

贝娜齐尔的父亲布托（Zulfikar Ali Bhutto）是巴基斯坦人民党的创办人，1971 年至 1977 年曾任巴基斯坦伊斯兰共和国总统和政府总理，后遭军权罢免，绞刑处死。

甘地夫人的父亲尼赫鲁（Jawahalal Nehru）抗英反殖，多番陷狱，在狱中钻研马克思主义，他是印度独立后的第一任总理，其后在国际政坛大放异彩。

梅加瓦蒂的父亲苏加诺（Bung Sukarno）抗荷反殖，数度被捕，1945 年发表《独立宣言》，并当选为独立后的第一任总统，后遭军权撤职并软禁，郁郁而终。

他们都是亚洲“解殖时代”的策划人或参与者，透过不同的理念、策略和手段，成为 20 世纪风起云涌的独立运动重要的发动者或见证人。他们都尝过不同程度的权力的滋味，也吃过政治的苦果；他们都得仰国际大气候的鼻息，都不得不与或左或右的列强抗争或周旋、靠拢或附从，都不免在内忧外患之中妥协或顽抗、变节或腐化，他们的未竟之业仿佛一道隔世的“魔咒”，终于在他们的女儿身上得以继承或轮回。

活在父亲庞大的阴影之下

也许，这就是亚洲政治强人的女儿们的命运，她们无论有多坚强或软弱，有多伟大或卑微，她们的一生都不免活在父亲庞大的阴影之下，她们的政治事业都只能以“亚洲传统”的形式迂回发展，那是因为一个伟大的世纪早已过去了，整个亚洲仍笼罩着梦魇一样的父权——这对活在太平盛世而沾沾自喜的所谓政治女强人来说，未始不是有益有建设性的鉴照吧。

就以最近甫回国便遇到炸弹袭击的贝娜齐尔为例好了，据说在巴基斯坦的国语乌尔都语中，贝娜齐尔的意思就是“独一无二”，那是她的父亲对她的期许。她流亡8年，巴基斯坦的命运似乎没有多大改变，只是军方领导权多番易手，由处死她的父亲、其后死于空难的齐亚·哈克（Mohammad Zia-ul-Haq），一度变为罢免她的伊沙克·汗（Ghulam Ishaq Khan），辗转再变为如今四面楚歌的穆沙拉夫*（Pervez Musharraf）。

8年前，贝娜齐尔要跟两个男人周旋——前总统伊沙克·汗与前总理谢里夫（Nawaz Sharif），都要借助她这股第三势力来打击对方，她忽而左右逢源，忽而靠拢其中一方，非常懂得政治游戏的玩法；8年后，她还得要跟两个男人下一盘“国际象棋”——穆沙拉夫与谢里

* 2008年8月18日，穆沙拉夫宣布辞职。2011年2月，巴基斯坦一家法院向穆沙拉夫发出逮捕令。

夫之间的政治角力，还是要借助她作为天平上的砝码，对于如此这般的“三角关系”，她一点也不陌生，而且玩得十分得心应手，这倒是她跟昂山素季最明显的区别。

穿梭于荆丛的花蝴蝶

2007年9月10日，流亡8年的前总理谢里夫回国，但他在首都伊斯兰堡仅仅停留4个小时便被驱逐。印度前外交官巴达古玛（M.K. Bhadrakumar）曾撰文分析巴基斯坦的政局，认为贝娜齐尔比谢里夫更符合英国和美国的利益，那就是说，贝娜齐尔比谢里夫更能与英美妥协，此所以两位前总理回国，得到截然不同的待遇。很明显，这是一盘还没有下完的“国际象棋”，由谁出任总理，恐怕已不纯粹是巴基斯坦的内政了。

巴达古玛只看到英美的政治利益，大概还没注意到中国的态度。中国外交部对贝娜齐尔回国遇到炸弹袭击，反应迅速，对炸弹袭击予以谴责。那是因为贝娜齐尔是中国的老朋友，有几代的交情——她在少女时期已随父亲访华，与毛泽东、周恩来等领导人早已认识，当选总理后更与中国建立互有往还的外交关系，若说她第三度出任巴基斯坦总理符合英美利益，倒不如说她在国际政治游戏中符合各方利益。

贝娜齐尔在国际政治舞台上也许不像昂山素季那么富于在野的魅力，也不像甘地夫人那么富于在朝的魄力和影响力，作为亚洲政治强人的女儿，她却比谁都更懂得、更精于亚洲政治的游戏方式——昂山素季长期被软禁而不妥协，甘地夫人落个被暗杀的下场，她倒做好了东山再起的准备，依然是一只穿梭于荆丛的花蝴蝶。

38　你创造了夜，我制作了灯

——贝娜齐尔的如意算盘

贝娜齐尔果然是一只穿梭于荆丛的花蝴蝶，她两度出任巴基斯坦总理，两度流亡海外，近日回国——据说要跟四面楚歌的穆沙拉夫分享权力，出国——据说是到迪拜探望患病的母亲，再回国——这一次跟穆沙拉夫决裂，她两度被软禁，俱在美国介入下恢复有限度的自由；这个两度陷狱、不戴面巾的伊斯兰女子目下的处境，关乎整个南亚乃至中亚的局势，显然比她的自传更富于“吊诡的戏剧性”。

她的自传有两个版本，美国版叫《命运的女儿》(*Daughter of Destiny*)，英国版叫《东方的女儿》(*Daughter of the East*)，此书出版于1989年，一如其他名人自传，幕后必有一个隐身的“枪手”(uncredited ghost writer)。它像一本煽情的小说，把她和她的家族描绘得极天真而充满理想，可这部自传写到1988年11月她当选总理之前便结束了，这样便回避了现实的政治难题，可放心着墨于父亲布托留给她的政治遗产，以及突显她身为政治继承人毋庸置疑的角色。

包办婚姻：政治的代价

谁都知道贝娜齐尔不是省油的灯，她在自传中提及自己的“包办婚姻”，有这样的解释：像她那样的一个穆斯林女子，没法像普通人那样遇上恋爱对象，“我选择了政治之路，包办婚姻正是我要付出的代价”，这样也回避了她的丈夫扎尔达里（Asif Ali Zardari）的贪污控罪——此君素有“10% 先生”之称，他乐于运用权力为人民办事，条件是要收取 10% 回佣（据说其后加价至 30%），所以他在伦敦南部拥有占地三百多亩的物业便不足为奇了。布托家族其实也是大地主，攻陷信德省的英国将军内皮尔（Charles Napier）曾写道，他在信德省到处游逛了好几个小时，最后发觉自己依然身在布托家族所拥有的土地上。

是的，谁都知道贝娜齐尔不是省油的灯，她早前在《纽约时报》发表署名文章，说“2007 年 11 月 3 日是巴基斯坦历史上最黑暗的一天”，指摘穆沙拉夫“再次发动无视宪法的政变，拆掉所有朝民主体制过渡的门面功夫”，其实是要迫使华盛顿表态：“挺身向军事独裁政权说不是危险的，但坐视不理的危险更甚。西方民主国家是时候要用行动而非言辞向我们表示，他们究竟站在哪一边。”这倒教人想起她较早时获豁免贪污审讯，得以高姿态回国，并公开恭维穆沙拉夫的明智决定，才不过一个月，便变脸了。

贝娜齐尔跟穆沙拉夫素有渊源，早在 1989 年，她首次出任总理就十分器重特种兵专家穆沙拉夫，邀请他出任总理军事秘书，但被他谢绝了。据报道，她这一次迫使穆沙拉夫下台，准备与流亡海外的谢里夫合作，这倒是看准了目下巴基斯坦的局势和华盛顿的心意——美国推动“和解”，用意在于扶植“温和中间派”政权，取缔塔利班的“圣战文化”。谢里夫既有能力协调伊斯兰主义者，也有能力取缔圣战极端主义，这正是贝娜齐尔办不到的。她太聪明了，早就知道自己的政治前途必须游走于不同派系的男性权力中心，才得以巩固。

美国“究竟站在哪一边”

华盛顿果然采取行动了，副国务卿内格罗蓬特（John D. Negroponte）以美国特使身份访问巴基斯坦。据报道，他跟贝娜齐尔通了电话，了解她对巴基斯坦政局的看法，并表明美国希望巴基斯坦恢复宪法管治。但美国“究竟站在哪一边”，大概还不好说。

印度前外交官巴达古玛分析，贝娜齐尔尽管有她的父亲布托所创立的人民党作为后盾，但她的民望却由于她与穆沙拉夫的和解，以及她与美国的密切关系而迅速下滑。他认为“贝娜齐尔尚未觉察到，她在巴基斯坦国内的名声，跟她在西方国家所享有的大不相同”。但他似乎低估了贝娜齐尔的聪明。

她其实比谁都更懂得做公关，及时跟穆沙拉夫划清界线乃釜底抽薪，较早时不顾紧急状态的法规，率众“行军”，犹有余暇参观诗哲阿拉玛·伊克巴尔（Allamah Muhammad Iqbal，1877—1938）的陵墓——这条不大起眼的新闻其实暗藏玄机。她即使身在极凶险的处境，还是很冷静，很懂得计算，她深明赫赫有名的死者不仅堪作活人的挡箭牌，还可以为她赢取有形及无形的政治本钱。

谒诗哲之陵　用心路人皆见

阿拉玛·伊克巴尔以乌尔都语写作，在印巴尚未分治的印度，是大名鼎鼎的穆斯林诗人，与使用孟加拉国语的泰戈尔（Rabindranath Tagore，1861—1941）齐名。“阿拉玛”不是名字，而是尊称，意即“最博学的人”。他的不朽诗篇《自我的秘密》和《无我的奥秘》中倡导“自我”和“完人”的思想，1930年，他提出在印度西北部建立穆斯林独立国家的预言。这位诗哲是巴基斯坦温和派穆斯林的精神象征，贝娜齐尔在紧急关头特意谒诗哲之陵，用心真是路人皆见了。

内地在20世纪50年代和70年代曾出版过三种《伊克巴尔诗选》，译者包括邹荻帆、陈敬容和王家瑛，陈敬容译的《神和人》要是对照今日巴基斯坦的局势，仿佛另有含意。“神”说：

我创造了世界，从同一片泥土和水，
你建立了鞑靼、努比亚和伊朗，
我从尘土里提炼出纯净的铁砂，
你制造刀剑、箭头和枪炮；
你做成锄头去砍伐园里的树，
你做成笼子去关闭歌唱的鸟。

“人”说：

你创造了夜，我制作了灯，
你创造了黏土，我做成杯盘；
你创造的是沙漠、山岭和溪谷，
我呢，建造了花床、公园和果园；
是我把石头磨成镜子，
是我，从毒物里酿出蜜汁。

也不知道贝娜齐尔有没有读过这诗，只是想，诗中神人各说各话，那矛盾而统一的辩证，对她而言无疑是有益有建设性的。

书目：

《命运的女儿》（*Daughter of Destiny*），贝娜齐尔（Benazir Bhutto）

39 不情愿的宗教激进主义者

——贝娜齐尔与巴基斯坦的故事

贝娜齐尔死了，她像甘地夫人那样被刺杀身亡，分别在于：23年前，甘地夫人被她的两名锡克教保镖开枪射杀，刺客明目张胆，因而无所遁形；23年后的今天，贝娜齐尔身中两枪，刺客随即引爆自杀式炸弹，谁是幕后黑手——是军政府、政敌还是恐怖分子，至今是谜。

最后讲话成了遗言，或预言

贝娜齐尔遇刺前在拉瓦尔品第（Rawalpindi）发表的讲话，成了她的遗言，也仿佛是她的死亡预言："国家处于危难之中，到处都在发生炸弹爆炸……如果人民党在选举中获胜，它必不允许外国势力破坏巴基斯坦的和平。"她说"在人民党执政后，没有人敢再分裂国家，或从事恐怖和极端主义活动"，言犹在耳，她便结束了前后不过 71 天的归国行程，也走完了此生的政治不归路。

在这充满激情、仇恨和血腥的 71 天里，前面谈到贝娜齐尔，要说的都说过了：亚洲女性政治家仿佛都有类似的身世和经历，她们都是亚洲解殖强人的女儿，都受过西方民主教育的洗礼，上一代的未竟之业仿佛一道隔世的"魔咒"，终于在她们身上得以继承或轮回——不是她们刻意去蹚政治的浑水，倒是政治的无形之手，不断敲这些女子的门。

是的，要说的都说过了：贝娜齐尔太聪明了，早就知道自己的政治前途必须游走于不同派系的男性权力中心，才得以巩固；谁都知道贝娜齐尔不是省油的灯，她在《纽约时报》发表署名文章，说"2007 年 11 月 3 日是巴基斯坦历史上最黑暗的一天"，并且要求美国表态：在她与穆沙拉夫之间，"究竟站在哪一边"？贝娜齐尔死了，此时此刻，存心以巴基斯坦为反恐据点的布什政府还可以站在哪一边？

从“亲美”到“反美”的心路历程

贝娜齐尔死了，她被暗杀，除了谴责疯狂的暴力行为，谁都不知道还有什么好说，南亚是一个迷狂交织着谜团的乱局，真是不知从何说起了。既然要说的都说过了，不如转换一个角度，说一个在美国长大的巴基斯坦人的故事吧——他名叫哈米德（Mohsin Hamid），1971年生于巴基斯坦，才36岁，他到美国留学，毕业后在美国工作，写了一本引起广泛讨论的畅销小说：《不情愿的基要主义者》（*The Reluctant Fundamentalist*），写的是一个巴基斯坦青年从“亲美”到“反美”的心路历程。

这个巴基斯坦青年名叫Changez，很明显这名字暗含“转变”或“交易”之意；故事是倒叙的：Changez在拉合尔（Lahore）一家咖啡馆跟一名陌生的美国男子闲聊：他是普林斯顿大学的高材生，毕业后在华尔街工作，他聪明而努力，备受公司赏识。还有一个美丽而爱好文学的美国白人女朋友（这跟哈米德本人的身世和经历大同小异），这个青年一直自视为美国人，他没有任何理由不爱美国，可是一切美好的事情都在一次出差马尼拉回国之际忽然改变了——那时刚发生了“9 · 11事件”，他在马尼拉看电视新闻，看着世贸双子塔瓦解。

“你来美国有什么目的？”

Changez出差后返回美国，一名女关员问他：“你来美国有什么目的？”

他答道：“我住在这里。”女关员厉声说：“先生，那不是我问你的问题。你来美国的目的是什么？”问话持续了几分钟。最后，他被带到一个房间里，坐在一张金属椅上，旁边有一个上了手铐的文身男人。

Changez 对陌生的美国人说：此后他的人生观改变了。有一次在智利出差，遇到前雇主，跟他说了一个鄂图曼帝国（Ottoman Empire）挑选苏丹亲兵的故事——从基督教村落挑选儿童，送到穆斯林军队受训。前雇主说：“苏丹亲兵必须在童年时挑选的……他们若有任何难忘的记忆，便很难效忠穆斯林军队。”这使 Changez 决定了何去何从——返回巴基斯坦。

Changez 对陌生的美国人说：看到世贸双子塔倒塌时，“我笑了。是的，也许听起来很卑鄙，我第一反应是非常高兴……我完全被它的象征意义所吸引，有人如此明显地让美国跪倒了”；他说：“我没有和美国作对，恰恰相反，我从美国大学毕业，我领着一份不错的美国薪水，我深爱一个美国女人，可是为什么一部分的我渴望看到美国受伤？”Changez 就是这样成为一个“不情愿的基要主义者”。

Changez 最后发觉陌生的美国人“把胳膊弯曲倚在旁边那张空椅子的椅背上”，“软布料的西装在平行于胸骨的位置隆了起来”，“我们国家的特务也常常在那个部位佩戴一个枪套”。

巴基斯坦人与“巴基佬”

贝娜齐尔大半生在监狱、政治斗争与流亡之中匆匆度过，大概没空翻读年轻的同胞哈米德的这本小说吧，她年轻时在英国留学，其时她雅好阅读，极可能读过年纪与她相若的另一位同胞——库雷西（Hanif Kureishi）——的著作吧。

库雷西 1954 年在英国出生（比贝娜齐尔小一岁，算是同代人），他的父亲是巴基斯坦人，母亲是英国白人。他在伦敦大学攻读哲学，年轻时为生计撰写色情小说，其后转攻舞台剧和电影剧本，成名后小说和剧本陆续出版。《我美丽的洗衣店与彩虹记号》（*My Beautiful Laundrette and the Rainbow Sign*）乃剧本与自传体小说合为一书。《彩虹记号》说："我对于那个遥远的南亚次大陆国家一无所知。我的堂表兄弟姐妹及父亲的兄弟姐妹的生活，对于我来说是一个谜。"他一直否认自己是巴基斯坦人，以英国人自居，但英国人却视他为异类。

他终于回到父亲的故乡卡拉奇（Karachi），但他发现自己跟巴基斯坦有着更深的隔膜，一切都很陌生，难以理解，他更没法认同叔叔的反英言论，从而萌生对英国前所未有的爱国情怀，他的同乡说："我们是巴基斯坦人，而你只是'巴基佬'（Paki，英国人对于巴基斯坦移民的贬称）。"他才发觉，英国是一个小家子气的小岛，而巴基斯坦被宗教狂热"鸡奸"了，自己不属于任何地方。

父亲遗稿与寻根之旅

库雷西在 2004 年出版《我的耳朵在他的心里》（*My Ear at his Heart*），那是一本疑幻疑真的奇书，《卫报》有书评形容此书"超越非一即二的文体分类方式"，似自传，也似小说，更像意识流家族史。

他写此书时刚满 50 岁，自称在父亲的遗物中找到一份从未面世的小说手稿，名为《青春期》(*The Age of Adolescence*)，由是展开时空交错的“寻根之旅”，重新认识父亲和血缘，穿梭于一个已然消失的世界。

他的父亲童年时在孟买生活，其后印巴分治，变成两个国家，父亲移民英国，孟买在印度，这个巴基斯坦人如何能够回到童年的原乡？这大概就是玛斯（Doreen Massey）在《政治与时间 / 空间》（*Politics and Space / Time*）中所论述的“另类空间观”（an alternative view of space）吧。库雷西一直不知道父亲渴望成为作家，他自己却在不知情之下继承了父亲的遗志，他说：“探索家族史可让人看清自己身处的位置……英国社会中 Paki 的地位低下，所以父亲一直希望我们能融合为英国人，但我倒希望我的孩子知道血缘来自何处。”

美国的哈米德和英国的库雷西大概都知道贝娜齐尔死了，他们会为这个死于乱世的女子写一本书吗？多半不会，也许因为他们不大理解这个女子的心思，也许因为他们不大理解今日的巴基斯坦在泛政治世界里的时空坐标。我们当然也无从理解，贝娜齐尔死了，我们也不知道该如何悼念，只好借一些巴基斯坦人的故事，聊以致意——是的，我们必须承认自己不完全理解，但至少理解这是一个复杂的课题，它包含了，却不仅仅局限于乔宝宝的故事。

书目：

《不情愿的基要主义者》（*The Reluctant Fundamentalist*），哈米德（Mohsin Hamid）

《我美丽的洗衣店与彩虹记号》（*My Beautiful Laundrette and the Rainbow Sign*），库雷西（Hanif Kureishi）

《我的耳朵在他的心里》（*My Eat at his Heart*），库雷西（Hanif Kureishi）

《政治与空间 / 时间》（*Politics and Space / Time*），玛斯（Doreen Massey）

40　普京如何成为美国总统

2007年“风云人物”(Person of the Year，普遍称为Man of the Year）是俄罗斯总统普京，《时代周刊》(*Times*）总编辑史丹格(Richard Stengel）亲自“解画”，解得非常政治正确。他指普京是“俄罗斯的新沙皇”，“并非好人，但他完成了非凡的事业”；白宫发言人佩里诺（Dana Perino）则响应得很委婉，她说“普京是现代史上一位非常擅长权谋的人物”(a very intriguing figure in modern history)。当然，这些都是“西方观点”，俄国人才不稀罕什么“风云人物”，在俄罗斯，早就有偶像派作家写了一本书，提出一个充满戏谑的大胆假设：“普京如何成为美国总统”(How Putin Became the President of the U.S.A.)。

虚衔的意义：肯定了普京路线

对普京和俄罗斯人来说，“风云人物”也许并不代表什么，此项惹来全球注目的虚衔唯一的意义可能在于：肯定了普京所选择的国际战线——放弃了美国路线，参照并贴近中国路线。佩里诺所说的“擅长权谋”，大概也隐含了“诡计多端”的意思吧——普京的确是“诡计多端”，没有人比他更懂得利用“游戏规则”。

他接受《时代周刊》访问时便趁机说：“我们要成为美国的朋友，有时候我们所得到的印象是美国不需要朋友，美国所需要的是可以让它指使的从属对象而已。”又说“俄罗斯与中国的关系正处于史无前例的最高水平，希望这种关系能保持下去”。他更向全世界宣称：俄罗斯尽管需要强势总统，但他绝不会改变“游戏规则”：如果他在总统任满后出任俄罗斯总理，“将履行宪法和法律规定，主要负责处理经济和社会事务，而政治、行政、国防及外交等领域，属于总统权限范围”。闲话几句，就高度概括了中、美、俄的“三国志”，并明确说明了他任满后的去向。

普京当然深明“风云人物”不见得是一项荣誉，因为《时代周刊》的“游戏规则”是这样的：“风云人物”的首要条件是“改变世界的权力”，“不论这改变是好还是坏”。此所以“风云人物俱乐部”的会员名单包括赫鲁晓夫、安德罗波夫、戈尔巴乔夫等俄国领袖，以及希特勒等独裁者。

俄国人的梦想：稳定压倒一切？

诚如史丹格在《时代周刊》网站撰文所言，普京绝对不是西方人心目中的民主派，但对俄罗斯而言，稳定压倒一切：因为稳定“比自由重要，稳定比让人民有选择重要。即使牺牲西方式的民主和自由，也要国家稳定。一百年来，俄国百姓几乎看不到国家稳定”。稳定正是俄国人想要的东西，“所以俄国人崇拜他”。俄罗斯偶像派作家贝科夫（Dmitry Bykov）的《普京如何成为美国总统》无疑是一个有趣的“俄罗斯童话”，是的，普京才 55 岁，他要是移民美国，以他的“诡计多端”，要成为美国总统也并非“不可能的梦”——也不管是讽刺还是天真，至少俄国人认同了这梦想，尽管此书还没有英译本，贝科夫已成为美国媒体的追访对象。

贝科夫生于 1967 年，才 30 岁，可已经著作等身了，他写诗（出版了八本诗集），写小说（已出版了五本），也为报刊撰写充满奇想的专栏。他长达 900 页的《帕斯捷尔纳克传》夺得首届“大书奖”（Bigbook Prize）——帕斯捷尔纳克（Boris L. Pasternak）就是《日瓦戈医生》（*Doctor Zhivago*）的作者，1958 年的诺贝尔文学奖得主；“大书奖”奖金达 300 万卢布（约 90 万元港元），这笔奖金的赞助人正是香港球迷所熟悉的英超球会切尔西的班主阿布拉莫维奇（Roman Abramovich）。

迷信的怪物　择人而噬的妖兽

当然也有不喜欢普京的俄罗斯作家，前电视台主播多连科（Sergey Dorenko）的《2008》，也是以普京为主角，这部小说充满奇想：俄罗斯要举行总统选举了，总统办公室钦点了接班人，然后令接班人患重病，借此阴谋制造了政治恐慌及假象——人民爱戴普京，压倒性的民意就是要求普京复出，续任总统。此书把普京塑造成一个迷信的怪物，他沉迷中国道教，在一次祈求长生不老的仪式中，中国死神预言普京面临大劫，普京于是打坐冥想，其后更拜谒道教大师，获授锦囊攻打车臣。很明显，此书明嘲暗讽普京被“中国路线”牵着鼻子走。

以普京为主角的小说还有科诺年科（Maksim Kononenko）的《弗拉基米尔·弗拉基米尔维奇TM》（*Vladimir Vladimirovich TM*），此书极畅销，赢得俄国及西方媒体一致称奇。科诺年科是网上媒体的总编辑，此书在他的网志发表——书名由普京的名字与父名组成，加上TM（注册商标），暗含“提防假冒”之意，虽然对普京不怀好意，却说明了一个事实：不管是敌是友，总不免以直线或曲线认同了普京的影响力。

俄罗斯人对普京又爱又恨，女作家杜斯塔雅（Tatyana Tolstaya）就认同了普京“稳定压倒一切”的政策，尽管她的寓言小说《史宁兹》（*Slynx*）也暗讽普京，但她接受西方媒体访问时总是替普京辩护，认为他团结了俄国的党派势力，改善了人民的生活——这卓越政绩当然不是天赐的，非民主正是沉重的代价。Slynx是神话中的妖兽，它潜伏在森林，择人而噬，它是理性的掠夺者，也是针对自由的恐怖分子，这部小说里的暴君是一名诡异的侏儒，它残暴而狡狯，渴望长生不老——这侏儒如果不是普京，还会是谁？

打造“波罗的海的香港”

普京的政绩主要在于改善经济，他上任总统之后除了大力改革并活化国内经济，还充分利用俄罗斯位处东欧的“飞土”加里宁格勒(Kaliningrad)，声言要把这块被人遗忘已久的地方打造成“波罗的海的香港”。普京亦致力促进加里宁格勒与欧盟的经济合作——建成了一个造价约5亿港元的国际机场，航班接通了俄罗斯10个城市以及英国、德国、意大利和西班牙的大都会；他计划2009年在加里宁格勒招标开设赌场，打造“波罗的海的拉斯韦加斯”；还充分利用当地港口使之成为俄罗斯“唯一不结冰的海港”，每年处理800万吨货柜。据报道，加里宁格勒市民2006年的平均薪金增长31%，乃全国之冠。

普京真的是“诡计多端”，他以经济改革的成绩作为政治豪赌的筹码，一方面扶植并挟持统一俄罗斯党，另一方面扶植亲信出任总统接班人，他一如小说家们的预言，渴求政治影响力的永生，开拓了畅通无阻的“普京路线”——也许，他并不是对作家特别仁慈，任由作家们对他冷嘲热讽，他只是全心全意去完成他的“永生大梦”，暂时没空去处理这等微不足道的小矛盾。

书目：

《普京如何成为美国总统》（*How Putin Become the President of the U.S.A*），贝科夫（Dmitry Bykov）

《2008》（*2008*），多连科（*Sergey Dorenko*）

《弗拉基米尔.弗拉基米尔维奇 TM》（*Vladimir Vladimirovich TM*），科诺年科（Maksim Kononenko）

《史宁兹》（*Slynx*），杜斯塔雅（Tatyana Tolstaya）

41 莱辛·共产党·《此时·此刻》

在香港读者眼中，以 88 岁高龄获颁诺贝尔文学奖的英国女作家莱辛（Doris Lessing）也许算不上明星级作家（例如村上春树或昆德拉），但她的小说早在 20 世纪 50 年代就已有两个中译本，如今海峡两岸的中译本约有十个，说来倒是华文读者的老朋友了；即使没读过她的小说，也许曾看过取材自她的《去十九号房间》（*To Room Nineteen*）的三分一部电影吧——还记得以三个故事交织而成的《此时·此刻》*（*The Hours*）吗？就是第二个故事，亦即由朱丽安·摩尔（Julianne Moore）主演的那一段。

莱辛早在 1954 年便凭《短篇小说五篇》（*Five Short Novels*）赢得毛姆奖（Somerset Maugham Award）。顾名思义，这个文学奖由毛姆创立，每年颁给 35 岁以下的英语作家，获奖人都是一时的青年俊彦，包括两位前诺贝尔文学奖得主希尼（Seamus Heaney）和奈保尔（V. S. Naipaul），可见此奖分量不轻。莱辛的小说在半世纪前的中国出版中译本，大概跟毛姆奖无关，说来倒有一段曲折的因缘。

* 内地译为《时时刻刻》。

中国人半世纪前慧眼识莱辛

她原名叫 Doris May Taylor，莱辛这个德国姓氏乃是夫姓——她在第二次世界大战期间，与德国难民戈弗特·莱辛（Gottfried Lessing）邂逅，从而参加了一个马克思组织，算是加入了共产党，两人在 1945 年结婚，四年后离异（那是她的第二段婚姻，第一段婚姻也只维持了四年）。两人分道扬镳，戈弗特·莱辛后来出任东德驻乌干达大使，而他的前度另一半则保留夫姓，以莱辛之名成为举世闻名的小说家。

也许是由于她曾加入共产党，也许是由于她在南罗得西亚的农庄生活了 27 年，她早期的小说带有社会主义批判写实的色彩，遂获中国共产党视为“同志”——解步武在 1955 年译了她的《渴望》（*Hunger*），由上海文艺联合出版社出版；董秋斯在 1958 年译了她的《高原牛的家》（*A Home for the Highland Cattle*），由作家出版社出版。如此说来，中国人仿佛在半个世纪前已慧眼识莱辛了。

莱辛也有很多中国朋友，但那已经是中国改革开放以后的事了。《王蒙自传》有一段记莱辛：“在蒙德罗，每天清晨我去下海游泳的时刻都会看到秀丽精悍、风度高雅的朵丽丝·莱辛去旅馆的游泳池。我们互道早安，交流清晨游泳的感觉，彼此觉得亲近”；“1988 年我访问英国时与她再次见面，并邀请她与另一以关心与介入现实而著名的英国女作家玛格丽特·德拉宝（Margaret Drabble，通译德拉布尔）访华。1993 年，她们二位访华时我已自文化部下岗，但她们二人到寒舍来访叙旧……”

上海作家协会副主席赵丽宏在《做一个读书人的幸福》一文中也谈及莱辛：“十多年前，我接待过英国女作家莱辛，她的一句话曾给我留下深刻印象，也使我共鸣。她说，在英国，有高学历的‘野蛮人’愈来愈多。这些‘野蛮人’，懂得最先进的科技知识，能操纵最复杂的机器，却缺乏情感，缺乏情趣，缺乏宽容博爱的精神。造成他们‘野蛮’的原因，是因为他们不读文学作品。”

其实两岸三地不乏莱辛专家，《一个男人和两个女人的故事》的译者范文美是其中一位，她的译序显然就是一篇深入浅出的莱辛论文，据闻范文美曾在浸会大学英文系教授翻译，是否仍在任就不得而知了。

三分一部电影的无名英雄

莱辛很尊敬她的前辈伍尔芙（Virginia Woolf），她的《金色笔记》（*Golden Notebook*）里的女作家名叫 Anna Wulf，Anna 让人联想到安娜·卡列尼娜，而 Wulf 则让人联想到伍尔芙；很多论者都认定莱辛的《去十九号房间》是向伍尔芙的《自己的房间》（*A Room of One's Own*）致敬。《此时·此刻》这部电影也是由伍尔芙说起的，电影改编自甘宁汉（Michael Cunningham）的同名小说，论者大多认为《此时·此刻》与伍尔芙的《戴洛威夫人》（*Mrs. Dalloway*）有文本互涉的关系，但没有多少人注意到电影的第二个故事取材自《去十九号房间》。

《去十九号房间》的女主角苏珊几乎拥有中产家庭主妇的一切梦想，丈夫长得好看，收入足以让六口之家（夫妇及四名子女）住在市郊的花园平房，但苏珊却老觉得失去自由，于是一而再地在丈夫上班、孩子上学之后坐火车到处寻找可租住一个下午的房间，最后找到一家时钟旅馆的十九号房间，静静地坐一个下午便感到安宁。最后，她在十九号房间关好窗户，拧开煤气，躺到床上（一年多以来第一次，之前她只坐不睡），闻到床上的霉味、汗味、性交味："她觉得十分满意，静听煤气微小柔和的咝咝声，流入房间，流入她肺部，流入她脑中。她漂入黑暗的河流中。"这不就是《此时·此刻》的朱丽安·摩尔吗？

朱丽安·摩尔带到旅馆的一本书，是伍尔芙的《戴洛威夫人》；最意味深长的是，她的房间也是十九号。如此说来，莱辛是三分一部电影的无名英雄了。

反战者有那么伟大吗？

话说美国女小说家奥兹（Joyce Carol Oates）很欣赏莱辛，有一次跟莱辛对谈，谈到反战，莱辛说："我们凭什么认定反战者有那么伟大？"奥兹一时语塞。这其实是莱辛惯常的语锋：反战不一定比支持战争正确，犹如白人不一定坏而黑人不一定好，儿童不一定比成人善良，女性不一定比男性悲惨——她尤其不愿意将《金色笔记》定义为女性主义经典，她在序言中说，她很理解"妇解"，但她的作品并不是"妇解"的号角；她也曾公开直言："没有人须为自己身为男性而抱歉。”真是非常政治不正确，可这就是她作为小说家的思维方式：没有固定的正或邪、善或恶，也没有永恒不变的人生规律。此所以她从不承认自己是女性主义者，正如她当了一阵子共产党，便回到“自由世界”。

她在20世纪80年代曾化名Jane Somers，给出版商投了两本书稿，不用说，结果是退稿。这两本书是《一位好邻居的日记》（*The Diary of a Good Neighbour*）和《要是长者能够》（*If the Old Could*），最终她还是坚持以Jane Somers的名义出版了。她这样做，不光是为了开出版商的玩笑，而是要提醒读者，切勿迷信权威与惯性。

这权威，这惯性，不但指向大出版社，还指向成名的作家——她自己就不断求变，不光改变笔名，这只是符号或形式，更重要的是写什么和怎样写，此所以她的小说数十年来花样层出不穷，有前期的批判写实，也有中期的心理分析和苏菲主义迷思，更有晚期的“内太空”（Inner space）探索——她就是执拗，不愿意称之为“科幻小说”；既写人的生存处境，也写动物（尤其是猫）的生存之道；既写成人复杂而多变的阴暗内心，也写儿童的丑陋与野蛮（尤其是《第五个孩子》[*The Fifth Child*]和《浮世畸零人》[*Ben，in the World*]）。

莱辛获颁诺贝尔文学奖，当然不算“冷门”，半世纪以来，这位“曾祖母级”小说家创作不懈，堪称著作等身，而且获奖无数——她究竟赢过多少个欧美的重要文学奖，恐怕连她自己也记不清楚了，可只欠新闻和公关意义大于一切的这一项；感谢上帝，让她活到88岁，不然，我们只好眼巴巴地看着她的晚辈如莫里森（Toni Morrison）、耶利内克（Georg Jellinek）风风光光走进瑞典皇家学院致辞，心想要隔若干年才再见另一位女作家了——尽管对于这样落伍而不离现实的两性念头，她大概只会嗤之以鼻。

书目：

《去十九号房间》（*To Room Nineteen*），莱辛（Doris Lessing）
《此时此刻》（*The Hours*），甘宁汉（Michael Cunningham）

42　莱辛与猫：猫的一生就是人的一生

应届诺贝尔文学奖得主莱辛是爱猫之人，她写过三本“猫书”：《特别的猫》（*Particularly Cats*）、《大难不死的鲁夫思》（*Rufus the Survivor*）和《大帅猫的晚年》（*The Old Age of El Magnifico*）。

莱辛童年时代住在非洲南部罗德西亚的一个农庄，当地有很多家猫和野猫，由于数量太多，出现“猫满之患”，农民便像毒杀老鼠那样，用毒药来毒杀猫儿，也有人千方百计捕杀猫儿。对猫咪来说，那是一个残酷而悲惨的世界——猫不再是宠物，而是农民的公敌。莱辛写猫，很冷静，也很深情，笔触既冷静又热情，把悲情的猫世界写得有血有泪。

“英俊的野兽”

在《特别的猫》里，有一只“三脚猫”，名叫“巴奇奇”，骄傲聪慧，莱辛称它为“英俊的野兽”：它“趴在我的床上晒太阳，一只长而优雅的爪子随意搭在另一只前掌上，而我抚摸那条即将被切除的腿，满怀爱意地搓揉那蜷曲起来握住我手指的爪子，像它小时候我常做的那样，把手指插进它蜷缩的脚掌里去时，它那小小的爪子立刻绕过来包住我的小指尖，一想到那毛茸茸的美丽前肢将会被扔进焚化炉里，我就不禁悲痛欲绝”。视猫儿为宠物的现代城市人读了此书，不免心酸，甚至心痛。

莱辛爱猫，可她笔下的猫并非一般的宠物，而是像人类那样，有善良的一面，也有丑恶的一面，此所以她称猫为“英俊的野兽”——它们本来就是野性不驯的兽类，只是人类宠它们之余，也主观地在它们身上投射了过剩的感情。她说：“人和猫虽是不同族类，但我们总是企图越过那阻隔两者的鸿沟。”

她的短篇小说《老妇人和她的猫》(*An Old Woman and Her Cat*)、散文《大帅猫的晚年》，写的都是老猫——人老了，猫也老了，那是时间积累起来的感情，很复杂。她在《大帅猫的晚年》中说：“拥有猫是多么奢侈啊，使你的生活中时时充满令人惊艳的喜悦，让你体会到用手掌抚触一头野兽光泽柔软皮毛的美好感觉……”养猫当然不仅仅是为了摸它的皮毛，她笔下的大帅猫曾是猫领袖，因患了肿瘤而切除一条腿；从此变成“三脚猫”，余生只能是屈辱苟存。那屈辱，倒不知道是猫性如此，还是投射了人的主观感情。

Tibby：Hetty 的一面镜子

莱辛笔下的猫性格各异，可都不像《老妇人和她的猫》里 Tibby 那么野，那么狡黠，那么不在乎，那么无情；Tibby 大概就是主人 Hetty 的一面镜子：猫的一生就是人的一生。

在这篇小说里，独居老妇 Hetty 养了一头名叫 Tibby 的猫，人独立而倔强，猫亦如是；Hetty 跟子女很疏离，倒珍藏了女儿寄给她的圣诞卡；她靠买卖故衣过活，“房间摆满了颜色鲜艳的小布块……舍不得卖的衣服”。公屋“也有其他的街边摆摊者，但由于她的经营手法有点什么问题，她失去了朋友”，邻居都说她变怪了，她倒不在乎。

Tibby 很野，一天到晚在外猎鸽子，常常弄得遍体鳞伤，有时带一只鸽子回来，她总骂它：“老脏鬼，吃肮脏的鸽子。你认为自己是什么，野猫？规矩的猫不吃肮脏的鸟，只有那些老吉卜赛人才把野鸟炖来吃。”可照旧把鸽子炖来吃。

她什么也不在乎，只在乎那头“老脏鬼”，相依至死，做梦也想不到，在她临终时猫竟悄悄离她而去——这流浪猫最后被市政人员捉了，它太老，又一身恶臭，因此给它打了一针，“让它安息”。

西西：如何陪它一生一世

这教我想起西西也爱猫，但她只看不养，看的是朋友的“猫儿妹”，看得细致入微，看到它可爱，也想养一只，“但还是放弃了，因为不知道能照顾它多久，养猫是十年二十年的事，我没有把握陪伴它一生一世。”莱辛笔下的猫，正是给主人养了一生一世，所以都老了。

西西的《看猫》有两只猫——大猫和小猫，也是性格各异，大猫较静，爱洗澡；小猫好动，抗拒洗澡。大猫叫“猫儿妹”，对于火，真是同猫不同命，它没有小黑那么胆小，也没那么好运气，因为“不知道火的可怕，一日跃上厨房灶头，看水龙头滴水，用手去打，没想到尾巴摆到背后刚烧沸了的水壶，结果烧焦了一撮毛，用鼻子凑近水壶，又烧断两根胡子”。

西西说：“朋友的猫就当自己的猫好了……”这份释然，莱辛（或她小说中的老妇）恐怕办不到，《老妇人和她的猫》最动人的，是人猫相依为命——无论生病痛苦，贫穷劳碌，矢志不渝；老妇为老猫流浪至死，她放弃了入住安老院，就是舍不得老猫，可老猫呢，在她弥留时便弃她而去，这是猫性吗？不知道，只是觉得很悲凉。

徐志摩和丰子恺的猫

莱辛笔下最有趣的猫，是小黑和小灰。她刚搬进一间老房子，有一座大壁炉，她点了炉火，小灰吓得大叫，逃到楼上的床底下；小黑却躺在椅子上，静观炉火，它似乎知道，只要别靠得太近，没什么好害怕。

不多久，两只猫便放胆走近炉火，小灰蹲在窗台，叫了几声，便走近几步，在火炉前的毯子坐下，耳朵向后，尾巴摇曳，专注地看着熊熊烈火——炉火令它很舒服，它在炉火前卧倒翻滚，把浅色肚子翻向热源，似乎跟和炉火尽释前嫌。

很多中国作家和诗人也爱猫，也写了不少以猫为题材的美文。上海的“张爱玲专家”陈子善编了一本“猫书”，书名就叫做《猫啊，猫》，收录了59篇写猫的文章，很惹人喜爱。

诗人徐志摩笔下的猫很诗意，题目正是《一个诗人》：“我的猫，她是美丽与壮健的化身，今夜坐对着新生的发珠光的炉火，似乎在讶异这温暖的来处的神奇。我想她是倦了的，但她还不舍得就此窝下去闭上眼睡，真可爱是这一旺的红艳”，她像一个诗人“在静观一个秋林的晚照。我的猫，这一晌至少，是一个诗人，一个纯粹的诗人”。

丰子恺有一帧与猫合影的照片：他戴了一顶绒帽，在看书，一只小白猫蹲在帽子上取暖，仿佛也跟主人一起读书。丰子恺养过两只白猫，大的叫白象，小的叫阿咪（她的父亲是中国猫，母亲是外国猫，毛长似兔，很可爱，蹲在主人帽子上的可能就是她）。白象可没有阿咪那么幸福，她在抗战时跟随主人颠沛流离，曾寄人篱下，抗战胜利后辗转回到主人身边，生了五只小猫，可在临终时失踪——原来她不愿死在家中；这猫生逢乱世，很悲情，她的一生就像人的一生，真教猫咪同声一哭了。

书目：

《特别的猫》（*Particularly Cats*），莱辛

《大难不死的猫》（*Rufus the Survivor*），莱辛

《大帅猫的晚年》（*The Old Age of El Magnifico*），莱辛

43　风灾的梦魇，南方的黑人

飓风卡特里娜（Hurricane Katrina）摧毁美国南部路易斯安那州等地，人命伤亡与经济损失无法估算，无数灾民流离失所，布什政府近乎束手无策。倒是六大电视台，包括 ABC、CBS、NBC、Fox、UPN 及 WB 联同数十个有线电视频道，罕有地联线直播大型赈灾节目 Shelter From The Storm：A Concert For The Gulf Coast，参与艺人先后狠批布什漠视弱势社群。一场风灾揭露美国不同种族的贫富悬殊问题极度严重，联合国《人文发展报告》证实了一个震撼信息——美国部分地区穷得像第三世界，所谓美国梦可能只是一场有如新奥尔良怨曲那么凄美而脆弱的梦魇。

托马斯·E. 伍兹（Thomas E. Woods Jr.）在《另类美国史——对美国历史的政治不正确指南》（*The Politically Incorrect Guide to American History*）一书中指出，教科书版本的美国历史几乎都曾被窜改而不符史实，比如林肯（1809—1865），其实反对异族通婚，发动南北战争并非为了解放黑奴。大部分美国人都不知道，林肯其实一直想将黑奴遣返非洲，而不是要解除白人对黑人的种族歧视。很多美国人也不知道，为美国撰写宪法的杰斐逊（Thomas Jefferson，1743—1826）也曾公开声称黑人比白人低劣，国父华盛顿（1732—1799），也是支配黑奴的地主。南北战争结束后，黑奴并未得到真正的解放，南方各州纷纷立法抑制黑人的投票权和公民权；此外，联邦政府任由黑人自生自灭，黑人只能租耕地主的农田，继续受支配和剥削。南方各州更通过法案，将从前管制黑奴的恶法合法化，例如一些法律规定黑人不准自由离境，不准与白人雇主谈判争酬劳；南方亦没有拨款办黑人教育，端赖北方慈善组织赞助，但规定只办职业先修课程，不能办学术科目；最高法院更裁定种族隔离合法。凡此种种，使内战后的南方黑人只能抹掉奴隶之名，却无以改变奴隶之实。

电影《月黑风高杀人夜》（*In The Heat Of The Night* ）改编自约翰·波尔（John Ball）的同名小说，此书1965年出版，是作者的第一本小说。甫面世便震撼全美书市，翌年获颁“爱伦·坡奖”的“最佳新人小说奖”（Best First Novel）。60年代美国南方白人眼中的黑人，根本不是人，而是动物，黑人不得住在白人区，不得担任有社会地位的工作，不得在白人的餐厅进餐，也不得在白人月台候车……故事发生于南方小镇韦尔斯的一个晚上：巡警发现了一具尸体，随后又在火车站候车室发现一名可疑的陌生黑人男子，没想到这个黑人竟是加州警探；他留下来，在充满敌意的环境里查案。小说制造了白人的启蒙过程：这个黑人警探有别于白人成见中的黑人——他穿着白人的西装，沉着、冷静、有教养，读《论了解科学》，观察入微，心思细密，举止雅尔，谈吐得体；他赢得白人的敬重，解开了凶杀之谜——他其实是一个白人化了的黑人，亦即符合白人标准的黑人。

这是美国南方的人文氛围也是南方文学发展的主流：天气燠热，草木茂盛，没落中的社会秩序，以及被压迫的黑人。哈里斯（Joe Harris）笔下的雷摩大叔（Uncle Remus），马克·吐温（1835—1910）的吉姆（Jim），以及斯陀夫人（Harriet Beecher Stowe）的《黑奴吁天录》（*Uncle Tom' s Cabin*）中的汤姆叔叔，是美国小说中最有名的三个黑人。汤姆叔叔是个漫画人物般的大好人，善良、容忍、虔诚、忠心，好得教人难以置信。黑人作家鲍德温（James Baldwin）批评它是“每一个人的抗议小说”——带有偏见，“目的是使白人自由主义者看了生一点无伤大雅的气”。没错，“抗议小说”是美国特产，目的只在叫读者安心，让他们知道自己是慷慨好义的，即使别人大多数不是那样。

正因如此，黑人女作家莫里森（Toni Morrison）的《宠儿》（*Beloved*）被誉为美国文学的一个里程碑，富于开创性的“黑人叙述”。乔依娜（Louisa Joyner）等人在《莫里森三部曲导读》里，就借用了Synaethetic这概念来解读小说的深层经验，即感觉、知性和记忆都被调动成一套独特确切的叙事语言。《宠儿》发生在黑奴时代，身为黑奴的母亲逃亡，发现缉捕者追踪而来，为免女儿重蹈自己命运的覆辙，便狠心将女儿杀死，其后女儿的鬼魂一直与母亲纠缠。这个故事仿佛对《黑奴吁天录》发出最凄厉的抗议，以独特的相异写法迭映于情节的若干相似性，暗藏一个重要的隐喻：黑人女作家锐意摆脱“白人叙述”的不散阴魂。

书目：

《另类美国史——对美国历史的政治不正确指南》（*The Politically Incorrect Guide to American History*），托马斯·E. 伍兹（Thomas E. Woods Jr.）

《月黑风高杀人夜》（*In The Heat Of The Night*），约翰·波尔（John Ball）

《黑奴吁天录》（*Uncle Tom' s Cabin*），斯陀夫人（Harriet Beecher Stowe）

《宠儿》（*Beloved*），莫里森（Toni Morrison）

44 为什么要“清一色”国籍？

特区政府任命副局长、政治助理，掀起“国籍风波”，在社会扰攘了两个星期，副局长放弃外国国籍或居留权似乎是尘埃落定的“共识”。“识”只是“识做”，“识做”是为了平息汹涌的群情，没有多少人会反问：“清一色”的国籍对政治任命来说有什么必然的好处？那就不如说一些历史故事，看看自汉唐以来，官员任命有多“政治不正确”。

“政治不正确”的“天可汗”

最“政治不正确”的可能是“天可汗”唐太宗。据《资治通鉴》载，李世民曾声称“自古皆贵中华，贱夷狄，朕独爱之如一”。他还宣扬“混一戎夏”的想法，一锤定音，为有唐一代大量任用外族人、外国人奠立了“理论基础”。唐代从中央政府到地方州县，都有外国人或异族人担任官职，计有天竺人、阿拉伯人、波斯人、日本人、高丽人、新罗人、越南人、龟兹人、粟特人、突厥人、吐蕃人、康国人……简直就是一个小小联合国。

这些唐代的外国（或外族）官员有通过科举入仕的文官，也有熟悉军事而为朝廷所用的武官，还有一些中国所无的科学人才（其中以精通天文、历法的天竺专才居多）。科举入仕的日本人有阿倍仲麻吕，此人留唐五十年，改汉名晁衡，高丽人及新罗人有崔致远、崔承佑、朴仁范、崔匡裕，越南（日南）人有姜公辅，波斯人有李彦升，这些外邦人先后入朝为官，姜公辅更是德宗宰相。其中晁衡、崔致远、崔承佑、朴仁范、崔匡裕俱为诗人，《全唐诗》载有他们的作品——这是说，中国人很宽容，没有把他们当作外人。

唐代人少有种族歧视，李白跟晁衡、崔致远很有交情，还给他们赠诗。李白说来也带有胡人血统，所以特别“政治不正确”，不但诗赠日本人、高丽人，还有天竺人——他有一首诗，题为《答湖州迦叶司马问白是何人》，这“迦叶司马”名叫迦叶济，是天竺人，在太史院主理天文及修历。

天下人为我所用

迦叶氏（Kasyapa）与俱摩罗氏（Kumara）、瞿昙氏（Gautama）都是来自天竺的天文学家，几代人都在中国出任天文及历法官员（知太史事、太史监），迦叶氏的迦叶孝威、迦叶济、迦叶志忠，瞿昙氏的瞿昙逸、瞿昙罗、瞿昙悉达、瞿昙谍、瞿昙晏等，都是唐代天文历法的主要人物，将外国（印度、希腊）的科学技术传入中国。

“药王菩萨”韦古道（又称韦老师）也是天竺人，开元中入京师，唐玄宗召入宫中，赐号“药王”。唐代君主似乎都懂得“天下人为我所用”的道理，绝不计较外来者的国籍。

唐代也有很多外邦人出任武官。杜甫有诗题为《高都护骢马行》，高都护就是高丽人高仙芝，为唐效命的高丽、新罗武将还有王毛仲、金允夫、金忠仪、李正己等。此外，唐代的外邦武官还有突厥人史大奈，阿拉伯人李元谅、安附国，波斯人阿罗喊，吐蕃人论弓仁，龟兹人白孝德，粟特人安禄山（父为昭武九姓的粟特人，母为突厥巫师），康国人康谦，契丹人李光弼，靺鞨人李多祚（号“黄头都督”，即黄头发的“鬼佬”），等等。

唐代收编外邦军队，倒是多多益善，萨珊波斯人安拙汗所率5000人入唐，太宗授以刺史，其后封定襄郡公。被大食人所败的萨珊王朝王子卑路斯和部下向唐求援，唐高宗封他为右武卫将军。

华夷之辩：行夷而心华

《新唐书·宰相世系表》共九十八族三百六十九人，据统计，其中出自“蕃族”者共十七姓三十二人。当然也有些汉人看不顺眼，颇有怨言。《北梦琐言》载，崔慎猷便曾有“近日中书，尽是蕃人”之叹。《全唐文》记述波斯人李彦升获范阳公推荐及重用，引起了一场“华夷之辩”。

反对的一方说：“梁大都也，帅硕贤也。受命于华君，仰禄于华民。其荐人也，则求于夷。华不足称也邪？夷人独可用也邪？吾终有惑于帅也。”可是赞成的一方另有想法：“帅真荐其才而不私其人也。苟以地言，则有华夷也。以教言亦有华夷乎？夫华夷者辨在乎心。辨心在察其趣响。有生于中州而行戾乎礼义，是行华而心夷也。生于异域而行合乎利益，是行夷而心华也。”好一句“行夷而心华”，今人大概不相信“心华”这回事，才对“夷籍”口诛笔伐。

重用外邦人不是自唐代始，汉代已有先例。《汉书》载，“金日磾字翁叔，本匈奴休屠王太子也”。此人本名日磾（音密低），汉武帝赐姓金，及其武帝年老，命大臣辅助幼主，察群臣，只有霍去病之弟霍光可委以重任。武帝临终对霍光说：“君未谕前画意邪？立少子，君行周公之事。”霍光顿首让曰：“臣不如金日磾。”可是金日磾说：“臣外国人，不如光。”武帝最后决定以霍光为大司马大将军，金日磾为车骑将军。

明代锁国：民族主义抬头

这个故事告诉我们，汉武帝对匈奴人金日磾毫不避忌，霍光也有“臣不如金日磾”的大胸襟，大汉君臣根本就不计较金日磾的国籍。

到了宋代，尽管不像唐代那样对外邦人重用，天竺的三藏善部末摩“慕化入朝”，还是诏以鸿胪少卿。高丽宾贡进士王彬、崔罕等及第，亦授以官；还有金行成累官至殿中丞，对外邦人也不见得排斥。倒是推翻了蒙古人统治的朱元璋对外邦人心存顾忌，明代开始实施锁国政策，直到16世纪末，即明代二百多年间，没有一个外国人获得在京居住权，更没有哪一个外国人能入朝为官，统治者再没有“无分夷夏”、广纳人才的大胸襟了。

如此说来，香港人都像明代人那么“政治正确”，才有强烈的呼声，要求任命官员时必须国籍“清一色”，非常富于民族主义色彩，再没有汉唐盛世的自信心，“天下人为我所用”于是就成了不合时宜的古史陈迹，唯恐一旦宣之于口，便招惹了“政治不正确”的罪名。这是进步还是退步，也就一言难尽了。

走笔至此，倒觉得坚持保留居英权、毫不“识做”的保安局政治助理卢奕基很有 guts，不管你们的炮火有多猛烈，我就是不亢不卑地无惧，说说也不容易，说得出做得到，更难。

45　放屁艺术家

Bullshit 这个字很不好译，直译是“公牛的粪便”，译成广东话，就是“废话”或“发噏风”；这个脏字在哲学教授哈里·法兰克福(Harry G. Frankfurt）笔下，是一种语言特征，它的意思不是说谎，却是真理最大的敌人，因为说谎的人知道什么是真话，却存心讲假话；Bullshit 不在乎说话的真或假，只在乎本身的利益；法兰克福认为，不管事实真相的废话，就是 Bullshit 的本质。

法兰克福的 *On Bullshit* 只有 67 页，一万多字，本来是 1986 年的一篇讲稿，他退休后经不起学生和编辑游说，才让讲稿重新包装，创出一个出版界的奇迹：销了四十多万本，译成了 25 种语言。台湾作家南方朔译为《放屁！名利双收的快捷方式》，《放屁》较能对应 Bullshit 这个脏词，但“名利双收的快捷方式”有蛇足之嫌，大大贬损了此书的品位；中文简体字版改为《论扯淡》，北方化了，却少了一分粗犷味。

“真诚本身就是放屁”

Bullshit 有点近似《三侠五义》所说的“瞎扯臊！满嘴里喷屁！”或《初刻拍案惊奇》所说的“休听他放屁！好没廉耻！”《西湖二集》说：“随你真正出经入史之文，反不如放屁文字发迹得快。”译为“放屁”，较为传神。

在 talk show、屁话、发噏风、文宣泛滥的时代，没有人再介意语言的真伪和善恶，对知识失去信心的人同时也是花哨的知识论者，政治宣言和商品广告只能策略性地以所谓“真诚”（sincerity）代替“真实”，都是过把瘾就了事，结果就是“真相缺席”。

这世界有过多的意见领袖、代言人、发言人、名嘴、各式各样的评论员，他们其实都是“放屁艺术家”（bullshit artist），以无从辨别真伪的“真诚”代替“真实”，结果就是权威也得要反权威，目的只有一个：把自己装扮成另类权威，那就是法兰克福所说的“真诚本身就是放屁”（Sincerity itself is a bullshit）。

“放屁”不是谎言，它不真也不假，只是“废噏”，法兰克福引用安伯勒（Eric Ambler）的小说《脏故事》（*Dirty Story*）的情节，说明放屁与谎言的分别。辛普森回忆童年时父亲对他所说的一番话：“当你能够用放屁得以置身事外（bullshit your way through）的时候，千万不要撒谎。”那是说，说谎会被查验出来，放屁无从稽考，因此父亲教诲儿子：传统智慧就是以放屁、发噏风等伎俩蒙混过关，犯不着说谎——对了，Bullshit 就是一种仿佛无伤大雅的人格或态度，早已形成了一种谁都不大在乎的社会风气。

法兰克福对谎言和放屁有此分析："只有知道真相才可以说谎，放屁则不然。说谎者是对真理做出反应，在这个意义上他是可敬的。诚实的人只说他认为真实的话，说谎者不可避免地认为他的话是假的。但对于放屁者，这些赌注都没有了。他既不站在真理一方也不站在虚假一方……除了密切关注自己的话如何蒙混别人，他不在乎说话是否描述了真相。他只管胡扯和瞎编，只为自己的目的服务。"这就是 Bullshit 大行其道的公开秘密。

Bullshit 就是有话没话都瞎说一番，没办法，我们活在一个既开放又反智的世界，开放的是发言的渠道，谁都有权表达自己对不同事物的意见（不管对有关话题是否熟悉）；反智的是社会风气，利己主义抬头，社会不鼓励独立思考，谁都懂得因应形势需要，说一些不知所云的话，那就导致 bullshit 泛滥。

不管真假，只求利益

法兰克福所论述的 bullshit，既不是谎言，也不是"吹牛"、"吹水"，他引述了迈克斯 · 布莱克（Max Black）的《废话连篇》（*The Prevalence of Humbug*），从而指出他弄不清放屁（bullshit）和废话（humbug）在意义上究竟有多接近，只知道两者不能完全自由地互换："总的说来，两者的区别跟生理现象或修辞标准相关。"迈克斯 · 布莱克举出一些鬼话的同义词：

Balderdash：无意义的话——胡说、废话。

Claptrap：噱头——哗众取宠的空话。

Hokum：笑料、无聊话。

Drivel：幼稚的蠢话。

Buncombe：博取听众欢心之空洞演说。

Imposture：带有欺瞒性质的假话。

Quackery：骗人的大话。

这是迈克斯·布莱克为“废话”所下的定义：“欺骗性的歪曲，近乎撒谎，尤其是用华丽的辞藻掩盖思想、态度、感情等。”据此，法兰克福指出，“放屁”总是堂而皇之，世人对于探究真相或事实不感兴趣，只是以“放屁”的态度来制造言语，那是聪明人的语言，重点不在于真假，只在于利益。

法兰克福认为7月4日国庆演说本质上就是废话，他指出：“演讲者滔滔不绝地说‘我们伟大的，上帝保佑的祖国，她的缔造者在神圣原则指导下揭开人类崭新的篇章’，这绝对是废话。正如迈克斯·布莱克的描述，演讲者没有撒谎，他只是有意让听众相信虚假的信念。”是的，国家是否伟大，上帝是否保佑国家，缔造者有没有神圣的原则，都是无从稽考的，但演讲者根本不在乎民众对共和国缔造者有何想法，他关心的只是演说是否动听。

事实上，演讲者并不打算欺骗任何人。但他不在乎任何真相和事实，他关心的是民众对他的观感。法兰克福指出：演讲者想让人们相信他是爱国者，“是一个对国家的来源和使命有深刻思想和深厚感情的人，是一个尊崇宗教的人”。说穿了，那是包装技巧。

法兰克福说他不认为废话充分抓住放屁的基本特点。他指出，政治演说一如广告和公关技巧，说的不完全是废话，重点在于充斥着大量的放屁：“他们的放屁是这么彻底，完全可以作为放屁这个概念无可争议的范例。”出类拔萃的放屁高手借助严格的市场、民意调查和心理测试等先进技术，孜孜不倦地炮制要说的每句话，目的只有一个：就是把自己当做商品，精心塑造自己的完美形象。

放屁话总是企图隐恶扬善——以美好的东西掩盖丑陋的东西。放屁高手最常用的一些无从验证的语言，包括“开创”、“打造”、“积极争取”、“加大力度”、“愿景”等。

放屁与粗制滥造

法兰克福从哲学家维特根斯坦的传记引用材料，探究放屁的基本特征。维特根斯坦说过，19世纪美国诗人朗费罗（Henry Wadsworth Longfellow）的诗句可以作为他的座右铭：“在老的艺术时期，／建筑工人付出最大心力，／于每一分钟和看不见的部分，／因为诸神无处不在。”这几行诗赞美古代的工匠，他们对工艺一丝不苟，不会走快捷方式，即使在人们看不见的地方也不含糊，他们决不偷工减料，也可以说，他们的工艺不留“牛粪”(bullshit)。这“牛粪”近乎我们所说的“苏州屎”。

法兰克福认为，放屁的语言跟粗制滥造的产品相似，两者都是bullshit。问题是在哪些方面相似呢？他提出一连串疑问：是否放屁本身就像粗制滥造那样漫不经心？没有朗费罗描述的那么精益求精？放屁者是不是没有头脑的傻瓜？放屁本身真的一塌糊涂、粗俗不堪吗？他认为“放屁的实给人这样的印象”：粪便不必设计，不必精心制作，拉出来就是了。

法兰克福从而推论：“那么，精心制作的牛粪就出现了某种内在张力。”因为“对细节的关注必须接受各种训练和限制，以杜绝心血来潮和反复无常”。放屁之言不是胡说，尽管也不是谎言，但总是企图掩盖一些东西而突显另一些东西，因此可能留下一些经不起推敲的破绽，法兰克福认为，这种违反严格要求的破绽不是无心之失，显然不等同于粗心大意或疏忽，因此两者不能相提并论。

法兰克福的《论放屁》（*On Bullshit*）的全部趣味在于书名，将“论”（on）与“放屁”（bullshit）并置，也就是将正规论述与不雅之言并列，从而制造出奇异的效果——Bullshit 这个脏字以往不能登大雅之堂，书面表述，总是以 bull**** 来代替，或简称 b.s.,《论放屁》一纸风行，掀起考据 bullshit 出处的热潮，可是对 bullshit 的含义却不大了了，说来真是一场空前的大 bullshit。

反智与赝品的逻辑

法兰克福议论纵横，区分了放屁之言与说谎、废话的异同之处，还深入探讨 bluff 这个词的含义——那是指虚张声势，以及用虚张声势的语言、手段企图摆脱困境，南方朔译为“糊弄”，意即说些无意义的话，把事情糊弄过去。放屁似乎包含了某种形式的故意糊弄，含义也比较接近糊弄而不是说谎，因为说谎乃刻意传播虚假信息，而糊弄是“以假乱真”，这与放屁很接近，两者都是“赝品”(phony)——它不是真的，但不一定比正牌差，甚至可能是难分真假的复制品。

当今放屁之言泛滥，更深层次的原因在于怀疑主义，否认通往客观现实的一切途径，因而拒绝承认一切了解真相的可能性。法兰克福认为，这些“反现实主义”的原则损害了确认真假、超越利益的努力，最终也否认了核心价值以及客观探索的智慧。这就是反智，最可怕的结果就是理想的全面撤退，既然事实再无意义，不如顺从于自己的感觉——放屁者不但以假乱真，更以自我替代理想。

放屁之言大行其道，法兰克福认为它的逻辑与“赝品”相近：“假冒的东西之所以有问题，并不在于它像什么，而在于它是怎样制造出来的。”“这也指出了放屁本质中的类似性质，也就是说，放屁虽然不在乎真实，但未必是虚假的。放屁者是在伪造些什么，但这并不意味着他做的事情很糟糕。”也就是说，在大多数人心目中，放屁即使以假乱真，也无伤大雅，至少不比说谎糟糕，因为放屁不存在责任问题，当然也不犯法。

当形势要求一个人讲一些自己不知所云的话的时候，放屁就像呼吸那么自然了。法兰克福认为：屁话的产生，“是当一个人的职责或对某个话题发言的机会，远远超出他对这个话题的相关知识”。“这个矛盾在公共生活中非常普遍，人们常常被迫谈论一些他们自己并不熟悉的事物……人们普遍相信，作为民主社会的公民，有责任对任何事情发表意见”，这就导致全民放屁。

全民不负责任地放屁，意味着全民反智，“反真相”、“反真理”、

"反理想"的信条渐渐蚕食了全民的信心，再没有人关心真假，在法兰克福看来，比全民撒谎更为恐怖，因为说谎还是根据对"真相"的理解而作出相反的陈述，本质上是由于害怕"真相"，才回避"真相"，但放屁之言则完全不在乎"真相"，甚至彻底"真相"。此所以法兰克福有此说法："就影响力而言，放屁远比说谎严重，那是'真相'最大的敌人。"

书目：

《论放屁》（*On Bullshit*），哈里·法兰克福（Harry G. Frankfurt）

《脏故事》（*Dirty Story*），安伯勒（Eric Ambler）

《废话连篇》（*The Prevalence of Humbug*），迈克斯·布莱克（Max Black）

46　启蒙之书

案头有一本宗白华的《美学散步》，是我的一本启蒙之书。此书纸质劣，早已泛起又黄又灰的斑渍了，翻看版权页：1981 年 5 月第一版，1982 年 8 月第二版，共印 81000 册，这数量大概刚好赶上了其时内地的“美学热”；定价人民币九角，斯时书本如此廉宜，真是一个读书的好年代。

后来陆续买了不同版本，印刷愈来愈精美，价钱当然也愈来愈贵——比如 2000 年 10 月第一版的《中国美学史论集》，定价人民币十元五角，书价涨了十多倍，其实工资和物价涨了何止 20 倍，说来倒算廉宜；只是印数只有两千册，那才是大倒退，原来读书人愈来愈少了。

一直对 20 多年前的旧版本珍而藏之，一则由于书本有情，伴我度过渴求知识的青年时代；一则由于那时校对极其认真，几乎找不到错字，不像近年新书那么粗率马虎，错漏百出；最重要的一点，是当年读得认真，书页写满了批注和笔记——书中所引外国著述，其后都成了“延伸阅读”的航标；早些时在岭南大学讲了一课宗白华美学，这本启蒙之书的批注和笔记正好大派用场。

也许就像博尔赫斯（1899—1986）所言：书中世界犹如“无限的、周而复始的图书馆”，每一本书都是另一本的入口，日积月累便犹如身陷迷宫，永远找不到出口……尤其如此，启蒙之书往往就是走出迷宫的。

音乐与数学

宗白华在“中国古代的音乐寓言与音乐思想”（下文简称“音乐思想”）一文说：“中国人早就把律、度、量、衡结合，从时间性的音律来规定空间性的度量，又从音律来测量气候，把音律和时间中的历结合起来……太史公在《史记》里说：“阴阳之施化，万物之终始，既类旅于律吕，又经历于日辰，而变化之情可见矣。”这段话里有些关于乐理的小故事。

国人在习惯上说“五音”：宫、商、角、徵、羽；其实跟西方音乐一样，是七音：周公增变宫与变徵两个“半音”，将五音扩至七音。《管子·地员篇》记载了“三分损益法”：三分损一（减１／３)、三分益一（增１／３)，借五度增减求得音律。《史记·律书第三》说：“律数：九九八十一以为宫。三分去一，五十四以为徵。三分益一，七十二以为商。三分去一，四十八以为羽。三分益一，六十四以为角。”这简直就是算术题。

西方乐理沿自比例。毕达哥拉斯从打铁铺得到灵感：他发现四个铁锤的重量比是12：9：8：6，将铁锤两两一组，敲打声很和谐(18：8，或9：8，或9：6，或8：6)。他又发现，弦长比例是2：1、3：2、4：3之时，音程（interval，两音在音高上的距离）分别是八度、五度和四度，从而定出“毕氏音律”。他深信“万物皆整数与调和”，“七”乃神秘数字，便决定音阶该有七个音。

毕特哥拉斯的“琴弦律”有两大发现：其一，两音之所以和谐悦耳，跟两弦的长成简单整数比例有关；其二，两音弦长的比为 4∶3，3∶2，2∶1 之时很和谐，音程分别为四度、五度、八度 。第二项发现可和上文铁锤的重量比对照得到印证：12∶6 =2∶1 ，音程为八度（octave）；12∶8 = 9∶6 =3∶2 ，音程为五度（fifth）；12∶9 = 8∶6 = 4∶3，音程为四度（fourth）。

故此，英国数学家施维斯特（J. J. Sylvester，1814—1897）有此说法："难道不可以把音乐描述为感觉的数学，把数学描述为理智的音乐吗？音乐是听觉的数学，数学是理性发出的音乐，两者皆源于相同的灵魂。"

中国古代亦以数学贯通乐理：从实践得知长度减半，频率倍增；长度倍增，频率减半。"三分损益法"也是数学，损即减，益即加："三分损"（原长度 2 ／ 3 ）与"三分益"（原长度 4 ／ 3 ）正是"八度音"的关系（ 4 ／ 3 是 2 ／ 3 的两倍，三度损益即八倍）。

中国古乐通古历，《礼记·月令》载，十二律对应十二月："孟春之月，律中太簇；仲春之月，律中夹钟；季春之月，律中姑洗……孟冬之月，律中应钟；仲冬之月，律中黄钟；季冬之月，律中大吕。"黄钟对应冬至所在的仲冬——子月（十一月），即一年之始。

他律与自律

宗白华"音乐思想"提及嵇康的《声无哀乐论》，说"这文可和德国 19 世纪汉斯里克的《论音乐的美》作比较研究"，一句轻轻带过，却引起很多学者和研究生的注意，为他们提供了论文的素材。

钱锺书倒谈得较详细，《管锥篇》说：“西方论师（Hanslick）谓音乐不传心情，而示心运，仿现心之舒疾、猛扬、升降诸动态，嵇《论》于千载前已道之”；另《谈艺录》也有一段：“乐无意，故能涵一切意。吾国则嵇中散《声无哀乐论》说此最妙，所谓：‘夫唯无主于喜怒，无主于哀乐，故欢戚俱见。声音以平和为主，而感物无常；心志以所俟为主，应感而发’。奥国汉斯立克（E. Hanslick）《音乐说》（*Vom Musikalisch-Schönen*）一书中议论，中散已先发之”。

汉斯里克（Eduard Hanslick，1825—1904）今通译汉斯立克，他是奥地利人，不是德国人。《论音乐的美》（*Vom Musikalishc-Schönen*，1854，translated in 1891 by Gustav Cohen：*The Beautiful in Music.* Indianapolis：Bobbs-Merrill Co.，1957）这本小册子预见了20世纪欧洲音乐的走向——扯断形式与内容的传统关系，他说得非常简单，音乐的美就在于乐音本身，乐音不表达感情，不依附乐音之外的任何因素。他的音乐美学立场简明扼要：“音乐的内容就是乐音的运动形式。”此一命题是他对建构音乐美学的基本认识。

西方音乐理论的一种观点认为，音乐是表现情感的艺术，或者说，音乐就是情感，这是“他律论”。另一观点认为，音乐虽然与情感有关，但不表现情感。欣赏音乐时得到美感，完全是出于音乐本身的特征。这是“自律论”。

汉斯立克大概是历史上最有名的“自律论”倡导者。他说音乐“是一种不依附、不需要外来内容的美，它存在于乐音以及乐音的艺术组合中。优美悦耳的音响之间的巧妙关系，它们之间的协调和对抗、追逐和遇合、飞跃和消逝——这些东西以自由的形式呈现在我们直观的心灵面前，并且使我们感到美的愉快”。

建筑与音乐

“音乐思想”说，音乐理论家和作曲家姆尼兹·豪普德曼（Moritz Hauptmann，1792—1868）把这句话倒转过来，他在他的名著《和声与节拍的本性》里称呼音乐是“流动着的建筑”。这话的意思是说音乐虽是在时间里流逝不停地演奏着，但它的内部却具有着极严整的形式，间架和结构，依顺着和声、节奏、旋律的规律，像一座建筑物那样。它里面有着数学的比例。我现在再谈谈近代法国诗人梵乐希，写了一本论建筑的书，名叫《优班尼欧斯或论建筑》，这里有一段对话，是叙述一位建筑师和他的朋友费得诺斯在郊原散步时的谈话，他对费说：“听呵，费得诺斯，这个小庙，离这里几步路，我替赫尔墨斯建造的，假使你知道，它对我的意义是什么？当过路的人看见它，不外是一个丰姿绰约的小庙——一件小东西，四根石柱在一单纯的体式中，——我在它里面却寄寓着我生命里一个光明日子的回忆，啊，甜蜜可爱的变化呀！”

这一段有好几个典故要注释一下。姆尼兹·豪普德曼是德国音乐家，著有《和声与节拍的本性》（*The nature of harmony and metre*）。他认为，以音响现象、数学级数与比例等作为和声理论的基础，是不适当的，提出以黑格尔的辩证法三段式作为构成和弦、和弦连接、音阶与调体系的基础。

梵乐希（Paul Valery，1871—1945）是法国诗人，今译瓦莱里、瓦雷里。他对建筑、音乐、舞蹈都很感兴趣，且钻研极深，可参考他的《蛇》(罗洛译)：“她吞下了我的一言一语，／语言构成一座奇异的建筑物……”另参考他的《圆柱之歌》(罗洛译)：

美妙的圆柱，戴着／用白昼装饰的冠冕，／点缀着真的鸟儿啊／行走在羽饰上面。

美妙的圆柱，啊／这纺锤的管弦乐！／每一个都给谐和／奉献出自己的沉默。

“你把什么引向／那么高，同样的光辉？”／“为了无瑕的愿望／我们专注的优美。”

我们歌唱啊坚信／我们支撑着天宇！／啊，孤单审慎的声音／歌唱着，为那双眸子！

多么纯真的赞歌！／多么响亮的音色——／这是我们透明的手足／从澄澈之中取得！

这么冷，被黎明镀上黄金，／我们早早起了床，／用锋利的凿刀把我们／刻成百合的模样！

从我们的床的晶体／把我们从沉睡中唤醒，／金属的冰凉的／爪子，雕琢着我们。

为了媲美那月亮，／那月亮和那太阳，／我们被擦亮磨光，／像脚指甲一样。

不会屈膝的女仆，／没有欣赏者的微笑，／姑娘在我们面前驻脚／感到自己腿的姣好。

同样的虔诚的同伙，／鼻子在头带下面，／我们丰富的耳朵

/聋了，对白色的负担。

教堂在我们眼上，/永远黑暗没有光明，/没有上帝我们走向/我们崇拜的神性！

我们古老的青春，/暗的肌肤，发的阴影，/是那样美妙绝伦，/它们由数学而诞生。

黄金分割的女儿/因天的法则而健强，/一个蜂蜜色的上帝/打着盹降临我们之上。

他自在地睡，白天，/我们得每天向他奉献，/躺在爱的高台上，/潮水在我们眉间平静。

不朽的姊妹，她们/一半儿冷一半儿热，/我们认作是舞神、/微风和枯干的叶。

那些数以十计的世纪，/那些逝去的人潮，/这是个深的"过去"/过去总是——够了！

在我们爱情下升起/比地球更重的分量，/我们跨越一个个日子/像一块石头——那波浪！

我们在时间里走路，/而我们灿烂的躯体/迈着不可名状的脚步，/在寓言里留下痕迹……

《圆柱之歌》正好是一首结合了建筑与音乐的诗。瓦莱里写了大量"札记"，编成三册，其中一本是宗白华所说的《优班尼欧斯或论建筑》，即《欧帕里诺斯或建筑师》（*Eupalinos Ou L' Architecte*，英译本 *Eupalinos，or The Architect*）。

瓦莱里说："表面是具有深度的厚度。"他认为音乐与建筑的相似点在于：我们欣赏雕刻与绘画，不喜欢可以掉头不看，但是音乐则完全包围着我们的四周，情况一如建筑的空间。建筑设计者从匈牙利作曲家巴托克（Bela Bartok，1881—1945）的音乐得到灵感—— 巴托克替弦乐、敲打乐与钟乐所写的谱曲，令建筑师惊喜地发现：曲中蕴含无尽的建筑与空间的概念。From Bartok to Bartok（从巴托克到巴托克）是建筑设计者在掌握音乐音符与空间呈现的一种诠释。

瓦莱里说："建筑的设计者、施工者、奠基者，作为理想的传播人，他们的形象可以在其中形成一种恰当的隐喻，又不破坏已有的秩序，理性将因此而长期成为它的支柱。"

建筑师欧帕里诺斯（Eupalinos）是"欧帕里诺斯隧道" The Tunnel of Eupalinos）的建造者，那是一条输水隧道，长 1036 米，从山坡穿过，这隧道证明了古希腊文明已具备土木工程的优秀技术。费得诺斯（Phaedrus）即柏拉图《斐德罗篇》的斐德罗，瓦莱里的《欧帕里诺斯或建筑师》借用了柏拉图的对话体，全篇由斐德罗与苏格拉底以对话形式讨论建筑。

赫尔墨斯（Hermes）是主神宙斯之子，最初是一个古代的原始神，自然力的化身，后来成为畜牧神、牧人的保护神。他教会人类在祭坛上点火，让人类焚化牲品献祭。其中一段斐德罗的话也谈到建筑与音乐（声音）的关系："……请告诉我（既然你对建筑是这么敏感）当你在这座城市漫步的时候，你是否注意到，在鳞次栉比的建筑物中，有的哑然无声，有的窃窃私语，有的，最为稀罕，婉转歌唱……"

书目：

《美学散步》，宗白华

《谈艺录》，钱锺书

《管锥篇》，钱锺书

《论音乐的美》（*The Beautiful in Music*），汉斯立克（E. Hanslick），Gustav Cohen 英译

《和声与节拍的本性》（*The Nature of Harmony and Metre*），姆尼兹·豪普德曼（Moritz Hauptmann）

《欧帕里诺斯或建筑师》（*Eupalinos*，*or The Architect*），瓦莱里（Paul Valery）

后记　带一本书到西九龙

一

《书到用时》是我在内地出版的第一本书，书名的“用”字有两层意义。

其一是“思维之用”，非实际之用，那是说，从阅读过程中发现以至吸纳知识的力量，从而学习开放自我：我这样阅读，故我这样存在——那不仅仅是学以致用，而是将“思维之用”当作日常生活：我这样阅读，故我这样生活。

其二是读书有如“每日用粮”，从而学习反思日常生活的非必然性——放下成见，检验惯性思维，既反思“大我”，也反省“小我”——恰若少年时代其中一本启蒙之书的书名：《望道便惊天地宽》。

二

有一天我们都带一本书到西九龙。那是说，都将读一本好书的希望工程带到一块有待开发的处女地。

有人带一本小说，有人带一本诗集，有人在心意卡上填上鲁迅的

《朝花夕拾》，有人填上阿城的《威尼斯日记》，有人希望透过阅读做一点精神保育的工作，也有人希望以阅读重写自己的人生。

有人推介文化理论，有人预告一本尚未诞生的想象之书，有人认为优质的工具书就是一个了不起的基础，有人强调知识改变命运……反正在一个云淡风轻的星期天，都带一本书到西九龙。

那是西九龙，一边是屏风楼，一边是蓝天碧海，有人打高尔夫球，有人踏单车，有一天，都带着不同的想象，把一本书带到既遥远又亲近的地方。

我带了胡硕峰的《可见的乌托邦——城市建筑手记》，在心意卡上写了一行字："用水泥和梦想写一首诗"。

台湾建筑师胡硕峰写这本书的时候，还在哈佛大学建筑学修读硕士课程，他不仅在课堂学习建筑，还带了一部照相机，一本笔记簿，到处去看城市和建筑，用影像和文字建构一个"可见的乌托邦"。那就很有意思，今天的西九龙，何尝不是明日"可见的乌托邦"？

建筑一个城市不止要用钢筋水泥，最重要的，是要用梦想，否则，建造出来的只是没有灵魂的"石屎森林"，远远不是一个带有文化和历史的想象力的城市。

没有人会希望西九龙变成一个地产项目，昔日的佐敦道码头、油麻地至大角咀的海滨，已经有太多的玻璃屏风了。

也没有人会奢想西九龙变成一座不吃人间烟火的文化堡垒，光谈文化而不顾现实、不考虑经济条件，无疑是一条死胡同。

在现实与梦想之间，西九龙在不同身份和文化背景的人心目中，有不同的想象。那么，就带一本书到西九龙吧。

三

读者在这本书看到的，大概不是“叶辉在说什么”，可能只是“叶辉在引述什么”。我们也许不需要一言堂的“阅读专家”，需要的反而是阅读过程的思考，如何摆脱成见，重新发现，思考为什么大多数专家对很多问题视而不见？

一个不读书的城市，总是面目可憎的。香港人的阅报率，在国际大都会可名列前茅。保守估计，香港每日至少有二百万份报章（包括免费报纸）到达读者手上，但每份的阅读时间却不断萎缩，据调查大概不多于三十分钟——那是“揭报纸”，还算不上狭义的阅读。那么，推广读书风气，何尝不是报业自救之道？

“香港书奖”其实也是一个不读书的城市的自救之道，不仅仅鼓励出版好书，提倡读书风气，更重要的，是实践了一份开放与开明的精神：跨越地域、兼容文理、不分雅俗——对鼓吹多元与通识而阅读趣味却日趋褊狭的今日社会而言，这真是难能可贵的胸襟。

读书是乐事，也是苦差——这倒要视乎“读书人”的态度。“读书人”不仅仅是读者，如何透过读书明辨是非，解放自我，介入社会，认识世界，“信”是一个合格的“读书人”终身学习的课题。

图书在版编目（CIP）数据

书到用时 / 叶辉著. —重庆：重庆大学出版社，2012.2

ISBN 978-7-5624-6564-5

Ⅰ. ①书… Ⅱ. ①叶… Ⅲ. ①随笔-作品集-中国-当代 Ⅳ. ①I267.1

中国版本图书馆CIP数据核字（2012）第021587号

书到用时 shu dao yong shi
叶辉 著

特约策划 彭毅文
责任编辑 郝志坚
特约编辑 彭毅文
装帧设计 陆智昌

重庆大学出版社出版发行
出版人 邓晓益
社址 （401331）重庆市沙坪坝区虎溪大学城重庆大学出版社有限公司
（重庆市沙坪坝区虎溪大学城西路21号）
网址 http://www.cqup.com.cn
印刷 北京鹏润伟业印刷有限公司

开本：880×1240 1/32 印张：9 字数：198千
2012年3月第1版 2012年3月第1次印刷
ISBN 978-7-5624-6564-5 定价：29.80元